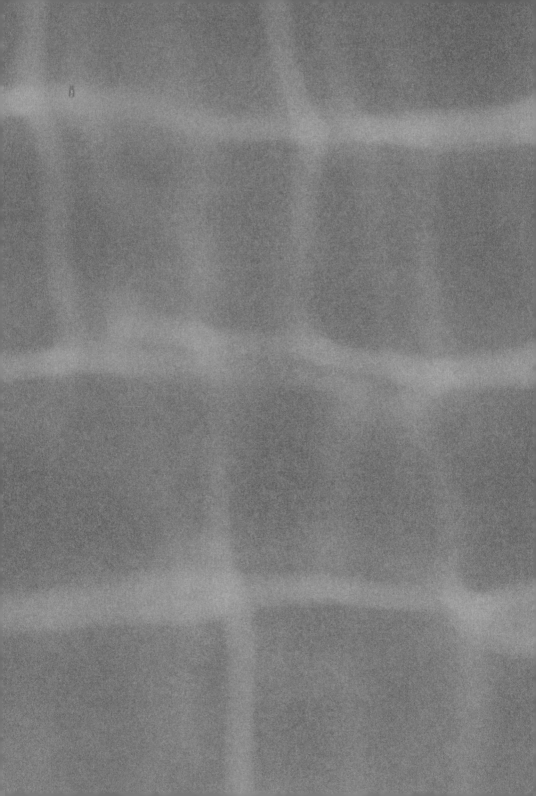

一萬次跳水
換一次發光的機會

일만 번의 다이빙

李松炫
이송현
Lee Songhyun——著

林侑毅、
葛增娜——譯

目錄

權在薰

「勝負總在一瞬間。」

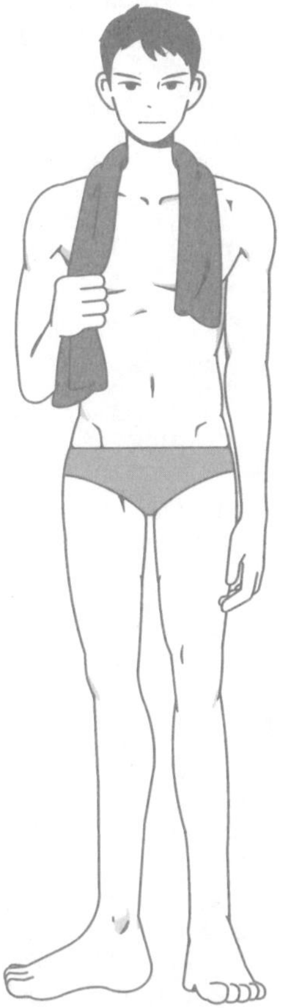

男子跳水界的王牌。
一路接受最頂尖的訓練。

朴武源

「明明只會在水裡掙扎，
不知道為什麼會加入跳水隊？」

跳水隊的明日之星。
莫名其妙就當上了跳水選手。

具本熹

「武源，你一定要拿獎牌，
這樣才有獎金可以拿。」

便利商店工讀生。
人生目標只有「錢」。

金氣澈

「送你飯捲，怎麼樣？
和我一起跳水吧？」

跳水隊教練。
擅長用食物誘導孩子們。

羅恩江

「我們看起來
很優雅吧？」

女子跳水界的新秀。
隨著體型改變，
跳水實力已不如從前。

勝負，就決定在這1.8秒。

1 湛藍的池水與花泳褲

站上跳台的瞬間，只有我才能看見的世界隨即出現——填滿跳水池的湛藍池水、仰望跳台的人們、天花板上耀眼的照明，以及往下跳的那瞬間，映入眼簾的下墜速度，還有牆壁上的紋路和觀眾的表情。這一切既帶給我喜悅與悸動，也讓我感到憂慮與恐懼。

我們總是在不停往下跳，讓身體飛在雨裡、在雪裡、在霧裡、在太陽裡，甚至是肉眼看不見，卻能用皮膚感受到的、存在於世間的無形裡。往下跳才能證明我自己，讓自己在退步與進步之間來回。

雖然我裝作若無其事，不過心臟幾乎要從嘴巴裡跳出來，實在很難壓抑下來。即使大口深呼吸，前輩肯定還是會嘮嘮叨叨，說我是不是怕了，或是說我姿勢錯了，我只能把所有力量集中到丹田上。核心肌群一陣痠痛，像要炸開一樣。

「朴撲通，再這樣下去，你就玩完了。」

氣潪教練笑容燦爛的看著我。幸好我發現他下巴周圍的肌肉正細微的抽動，否則可能會瞬間忘記氣潪教練正咬牙切齒的向我發出警告。他沒有喊我的名字，而是叫我「朴撲通」，代表我是今天訓練的老鼠屎。

『唉……現在哪有什麼樂趣？樂趣早就消失得無影無蹤了。』[1]

就算沒有打光，氣潪教練的寸頭依然閃閃發亮。他的左耳正上方紋著奧運五環旗；他沒有把「誓死要培養出跳水金牌選手」的熱情留在心裡，而是直接刻在頭上，果然沒有辜負「韓國首位進到奧運決賽的國家代表隊選手」的名聲。要是避開他的目光，我擔心爬上跳台前就要被處罰了，只好讓視線落在氣潪教練的肩膀後面。

「回答！」

「知道！」

雖然我的回答鏗鏘有力，但老實說這次能不能跳出漂亮的動作，我自己也沒有把握。到去年為止，我這輩子聽過最多次的還是「要健康長大」，想不到過了今年生日，「一直線！」這句話後來居上。當然，在「一直線！」的斥責前，還有一句「從頭到腳！」。這兩句話是一組的，無論身體狀態好或不好，永遠要像拿尺量一樣保持身體一直線。因為只有那樣，才能跳出好成績。

我從沒打算端正過一生，怎麼最後會走上要維持身體一直線的生活？以往我都專心在訓練上；但是今年，我的腦袋卻出現了各種雜念。權在薰聽了我的煩惱後，只說了一句話：

「勝負總在一瞬間，哪有時間去想那些有的沒的？」

果然是跳水界堪比 AlphaGo[2] 的傢伙。他今天也比我早爬上跳台、比我早躍向空中、比我早垂直落水。因為動作比我早一步，練習次數自然也贏過我。權在薰堅信「成功在於捷足先登」，這句話雖然說得沒錯，但是每次聽到這傢伙開口閉口就是成功失敗，我就覺得無比失落和辛酸，讓人想揍他一拳。

1 雙引號加上楷體字的設計，是主角武源心中所想但未說出口的話語，或深刻的回憶。
2 人工智慧圍棋程式。形容權在薰就像機器人般一板一眼且完美。

「JUMP！」

氣潪教練的命令響徹整座游泳館。一、二、JUMP！果真還沒數到三，權在薰就已經用標準的姿勢躍入空中，空中動作近乎完美。唯一可惜的是，入水時腳尖稍微後傾了一點。普通人看來沒有太大差別，但是對我們而言，那個「稍微」掌握了一切成敗。這些細微的差異決定了水花的大小，精準穿透水面入水而不濺起水花，正是跳水選手的使命。

「No Splash（水花消失）」、「Rip entry（無水花入水）」正是我們活著的理由和目標。

啪！

「啊，好痛……喔。」

氣潪教練的手很不安分。他總說這是要把好運傳給選手，但是在我看來，那只是手不安分，或者是變態，再不然也可能兩者都有，否則他的綽號怎麼會叫「老蓋」呢？正確來說是「鍋蓋」，從字面上也猜得到，就是手像鍋蓋一樣大的意思，於是孩子們才會這樣叫他。當他說著「加油」時，手經常也跟著拍下來；或是說「再加把勁」時，手也會揮過來。因為常常被他各種攻擊，我們就跟「氣炸鍋」一樣氣得不行，所以「老蓋」包含了這兩種意思。

「你看，你的泳褲上都是花吔。我說啊，不要只管屁股上的花，有本事去奧運場上拿金牌，捧別人送你的花。」

現在是沒事找事，連我的泳褲也要下手嗎？剛從水裡出來的權在薰表情非常難看，大概是不太滿意自己的入水動作吧。這傢伙用力咬住嘴邊的肉想克制憤怒，卻讓右臉頰顯得扭曲。要是不快點消氣，他恐怕會一直那樣，直到咬下那塊肉。

水花造成的漣漪只是短暫的，然而在我們心裡泛起的漣漪，卻是永遠難以抹除的傷痕。我甚至討厭起樹木的年輪，因為年輪的模樣，就像入水失敗時泛起的漣漪。

我緩緩登上三公尺長的跳板，讓呼吸不要太深。深呼吸不僅沒辦法平復情緒，我甚至擔心那微小的晃動會影響到我的動作。

『一、二……』

我的動作雖然緩慢，但每一步都是直入靈魂般的謹慎。

『三，JUMP！』

數到二的時候，我在腦中迅速演練了一遍空中動作。接著雙手高舉過頭、屏住呼吸。身體打得愈直，愈是忐忑不安。屈體、打直、轉體、入水，所有動作只在一瞬之間。頭部入水的剎那，腳尖迅速挺直。我把全身的力量傾注在腳尖，幾乎快要抽筋。

忽然，四周安靜了下來。我的身體被水流包裹住，感到一陣酥軟。如果可以，真想永遠靜靜坐在水裡。但是在拿下奧運獎牌之前，這種奢侈的享受只能靠幻想來滿足。

「喂，朴武源！不要再玩水了，趕快出來。」

說話的是總教練。他總是強調，快點跳下去、快點游上來，再繼續站上跳台，才是通往奧運的捷徑。

水裡就像春天一樣恆常溫暖。游出水面前，我低頭看了一眼自己的泳褲。原本在陸地上看起來亂糟糟的皺紋，在水中竟像一朵迷人的春花。

韓國有句諺語：「麻雀飛不過碾米坊。」這大概是祖先為我創造的諺語吧。每次，結束週五夜間訓練，我一定會在回家之前去一個地方，那就是我們社區最破舊的巷子裡的一間便利商店。因為起步比別人晚，我唯一能做的，只有加強個人訓練，而我之所以能堅持這項訓練，部分原因也在於期待去這間便利商店。

這一帶的人把這間便利商店叫做「奇蹟便利商店」。會有這樣的綽號，想必有很多原因，如果一定要說其中兩個原因，我認為：第一是它開在任何店都會倒閉的位置，卻締造了全國銷售第三名的成績；第二是奇蹟便利商店裡，有一個奇蹟般的工讀生。

「那個很貴，不要吃。」

奇蹟般的工讀生名叫具本熹，只要是這間便利商店的客人，她每件事都要管，完全看不下去客人自己挑選商品的樣子。她多管閒事的原因幾乎都一樣，就是「那個東西太貴了」，她還會做性價比，幫客人挑選其他商品。雖然有些客人會生氣，說：「妳算哪根蔥，敢隨便命令我！我有的是錢！」但大多數客人都不會跟奇蹟工讀生計較。

連續忍了五天的肌肉痠痛後，我期待著週末來臨。週末最大的享受之一，就是逛便利商店的各種商品、吃超商的食物。

「有什麼關係？我用我自己錢買的，妳幹麼這樣？」

「你的態度真差。」

唉唷，這句話真讓人不爽。難道我已經淪落到要聽具本熹嘮叨的地步了嗎？的確，我常常被人說態度很差。因為太常聽到周遭對我說同樣的話，所以我一點也不訝異。

「就叫你不要拿那個了。」

如果花自己的錢還不能選烤牛肉便當，那真的沒必要活下去；如果不能用手指去戳生乳包，那我再也無法想像自己的靈魂跟奶油一樣柔軟。

我不顧具本熹的反對，將手伸向便當，但是具本熹的動作更快。她說過，為了生存下去，高一之前都是田徑隊的——看來這句話沒騙人。具本熹用力握住我拿著烤牛肉便當的手腕，力道之大令人驚訝。我甚至懷疑，她練的應該不是田徑，而是拳擊或舉重這類相當需要力氣的項目。

「五、四、三、二……」

具本熹拿起手機看了一下，隨著「叮」一聲，她放開了我的手。

「妳在幹麼？」

「吃吧，免費的，已經過了保存期限。不過你可要好好跟我道謝，我把自己的份讓給你吃了。」

具本熹是個很愛面子的工讀生。我們社區聚集了大大小小的便利商店，競爭非常激烈，但是具本熹工作的這間店，卻逆勢締造了驚人的銷售紀錄。我沒有親眼看到官方銷售數字，所以當具本熹說這間店的銷售金額可以排進全國前五名的時候，我滿臉鄙視。但是，當這間店的銷售金額達到全國第三名，總公司還送店長夫妻去泰國旅遊的消息傳出來後，我不得不承認具本熹的經營實力。

這一區做生意的人眼中，「具本熹」三個字象徵著銷售王牌。雖然各類型的公司都想挖角她，但是具本熹沒有拋棄巷子裡的這間便利商店。不過，要是因此認為她這號人物很講義氣，就太天真了。具本熹只是個看錢辦事、金錢至上的人。

「欸，朴武源。你知道我為什麼這麼照顧你嗎？」

「嗯，知道啦！已經像紋身一樣刻在我腦子裡了。不用再問啦。」

具本熹挑了挑眉，這個動作就是在警告我。我得小心一點，現在開始，語氣要尊敬一點了。我把烤牛肉便當抱在懷裡，說了具本熹想聽的回答：

「等我拿了金牌、獎金發下來後，會好好請您吃一頓飯的。接受採訪的時候，也一定會提到姐的名字。」

其實我也不知道為什麼接受採訪時要提到具本熹，但是當具本熹說出自己宏大的計畫後，我不禁連連佩服，心想「我絕對比不上這個人」——她想利用金牌的聲量，來宣傳自己的 YouTube 頻道和未來生意。

「烤牛肉便當漲價了。錢省著點用，這種東西我還能弄到手。」

這句話真窩心。我打開便當的蓋子，雖然已經過了有效期限，只能報廢，但味道真香。只差一秒鐘，就決定了是可以賣的商品，還是報廢品。跳水選手正是這樣的處境，腳尖離開跳台的瞬間，就決定了成功或是失敗。

我把烤牛肉全掃進嘴裡，吃得兩頰鼓鼓的。這種甘甜鹹香的滋味，正是我的最愛。

「你這件褲子是怎樣？」

大概是包包拉鍊沒關，裡面的泳褲被看到了。具本熹把一瓶草莓牛奶推到我旁邊。我早就說過草莓牛奶不合我的口味，但具本熹根本沒聽進耳裡，只是要我吃她免費提供的東西，一邊毫不留情的批判我。

「沒看過泳褲嗎？」

「真沒看過這麼閃亮繽紛的男生泳褲。」

具本熹用蒼蠅拍撈起我的泳褲。我的泳褲又不是蒼蠅，被這樣對待真的很讓人不爽。

「妳在幹麼？這是別人神聖的泳褲吔！」

「你是花童喔。」

「大姐，妳不知道就閉嘴。」

具本熹根本不知道泳褲背後的故事，一直吵說泳褲很騷包、恥度很高。我原本想回嘴，說：「都什麼時代了，還有人在說男生不能穿花泳褲嗎？」不過我最終沒說出口。

我本來都穿素色泳褲，這樣華麗的泳褲確實不適合我。但我不會因為看不習慣、觸感不習慣，就抗拒這件泳褲。無論什麼事，一開始總會感到彆扭。仔細回想，我從游泳轉到跳水的那段時間也是這樣。

「穿上這條花泳褲，一定可以一帆風順。」

我把烤牛肉便當掃個精光，一顆飯粒都沒有留下。接著一口氣喝光草莓牛奶。口中的草莓香味逐漸消失前，我想起了羅恩江。愛用草莓味洗髮精的羅恩江一點也不草莓，更像一台戰鬥機。她是女子跳水界響叮噹的新秀，做什麼事都很迅速——學得快、上手也快，甚至在跳台上也比任何人都要迅速且精準的往下跳。每次看見羅恩江站上跳台，我們總是仰望著她，齊聲大喊：

「戰鬥機出動！」

幾個愛搗蛋的男孩子，甚至會在羅恩江往下跳的時候發出戰鬥機「咻」的聲音。我也曾經加入過他們，一起發出那樣的聲音。畢竟我們練習的不是飛越，而是下墜，必須想方設法振奮這種長期低迷的心情。這是選手之間的默契，因為我們知道如果不這麼做，生理和心理都會難以承受。

羅恩江已經三天沒有出現在訓練中心了。她本來就不太跟其他人混在一起，沒有人知道她為什麼沒來。我完全不想去問氣溡教練，他肯定又會用大手拍我，而總教練想必會叫我不要問東問西、要我管好自己，還可能會把我推進陸上訓練的地獄裡。

「姐，我走嘍。關好門喔。」

我走出便利商店，好好叮嚀一番。為什麼具本熹要來做大夜班工讀呢？很危險的呀。

「朴武源，你是笨蛋嗎？把便利商店的門關起來是想怎樣？就是要敞開大門，客人才會一直來啊，嘖嘖。」

夜深了。我傳簡訊給羅恩江，也留了Kakao Talk[3]訊息，不過看來她根本不想理會。我的手機隱沒在夜晚的黑暗中，四周靜悄悄的，替換成LED燈的路燈很亮，攀牆而出的樹枝陰影毀了難得的浪漫。

「說什麼春天到了要穿花泳褲，妳就不肯出來賞花嗎？」

我停下腳步，盯著手機螢幕，看到羅恩江「已讀不回」真令人討厭。無論大小事，我都會告訴羅恩江，但她卻像人間蒸發一樣，怎麼不讓人難過。

3 韓國常用的通訊軟體，類似Line。

『朴武源，春天來了。你要穿花泳褲，走一帆風順的花路[4]喔。一定喔。』

每年生日，羅恩江只會隨手丟一盒禮物給我，想不到今年她卻親手寫了一封讓人起雞皮疙瘩的信，還送給我一條華麗的花泳褲，上面是我不知道也無從知道的花朵。我只知道，如果沒有穿她送的泳褲去訓練中心，一定會被羅恩江痛罵，所以還是穿了。但是羅恩江卻沒能看到我穿花泳褲的樣子。

新聞說連日氣溫異常，即將迎來晚開的櫻花。櫻花可以看久一點，不是很好嗎？

明天就是羅恩江第四天沒有出現了。難道羅恩江不知道「花路」的道理嗎？比起一個人，兩個人走更好；比起兩個人走，一群人走更好玩呀。

我走進訓練中心時，天是黑的；出來時，天依然是黑的。比同齡跳水選手更晚加入的我，選擇並不多，只能在黑暗中開始一天，再背著黑暗結束一天的練習。

夜晚的黑暗和天亮前的黑暗，有什麼不同呢？每次在半夢半醒間開始清晨訓練時，我總會問自己黑暗如何定義、黑暗有什麼差別，但是怎麼找都找不到答案，因為實在太睏了，大腦完全無法運轉。於是，我只好把自己丟到冷水裡，讓身體和精神恢復過來。

今天的身心都無比沉重。昨天吃的烤牛肉便當似乎還沒消化。我打了個嗝，瞬間湧上草莓的香味。本來還因為週末高興了一下，誰知道在家大睡特睡的計畫，竟然會因為特訓化為泡影。

國內選拔賽即將舉行，因此週末不得不增加特訓。我本來就不是天才，能做的只有比別人早點到訓練中心、做好暖身，至少多跳一次也好，但是放棄在週末早上賴床實在太可惜了。更晴天霹靂的是，總教練竟要我這個專跳三公尺的人，去挑戰十公尺的跳水[5]。

4 「花路」源自於韓國歌手金世正的歌曲〈Flower way〉，而後「花路」一詞衍伸為「祝福對方往後一切順利、只發生好事」。

5 「跳水」分為「跳板跳水」與「跳台跳水」兩種，運動員會在一公尺或三公尺跳板，或是五公尺、七．五公尺或十公尺跳台做出指定動作。

「我快瘋了。」

在我喃喃自語的時候，氣溢教練忽然轉過來盯著我。

「你這個傢伙，這樣就瘋掉？你要感謝自己運氣好，要不是宿舍在整修，你們二十四小時都得特訓！」

如果氣溢教練不當跳水教練，去當助聽器研究員一定綽綽有餘。他的耳朵實在太靈敏，奇奇怪怪的聲音都聽得見。

「朴武源，在你跳下去之前還不能瘋。這是十公尺啊，給我清醒一點。」

「我會全力以赴！」

受到總教練的影響，訓練中心裡的回答統一成「全力以赴」。有時候回答完後，我還會反問：「是要全力以赴什麼？」當然這個反問從來沒有說出口。

站上十公尺跳台上跳水，總是讓我倍感壓力。我和權在薰、羅恩江不同，甚至可以說，我就是個渾渾噩噩、毫無規畫，最後怯怯懦懦站上了跳台的人。我從沒想過要奮發圖強，當個擅長跳板跳水和跳台跳水的選手。

儘管穩固的跳台支撐著我的身體，但是當我從十公尺高的跳台往下跳時，必須克服對高度的恐懼；而在搖搖晃晃的三公尺跳板上，我必須專注維持平衡。跳水不是一項容易的運動，選手也不如熱門運動項目那麼多。所以身為跳水選手的我和朋友們，必須一人當多人用。

站在三公尺高的地方，身體感受明顯和站在十公尺的地方不同。不知道可不可以用茶馬古道[6]和聖母峰來比喻，也就是海拔超過四千公尺的險峻山道，比上五千公尺以上的皚皚雪山。穿過危險重重的峽谷，越過往來運送茶、馬和南北雜貨的茶馬古道，經過一番勞累後必能獲得實實在在的回報；但是在超過八千公尺的聖母峰上，我能得到什麼呢？只有平白受罪嗎？就算征服了有「世界之母」、「上帝之海」等虛無稱號的山，我又能獲得什麼？我始終想不通。

愈往上爬一階，呼吸就變得愈慢，但是心跳卻逐漸加快。終於來到十公尺跳台。每次站在這裡，全身必定起雞皮疙瘩。我一步步走向跳台盡頭。「腳尖要用力啊！」儘管在心中呼喊了數百遍，但是我很清楚，愈靠近跳台盡頭，腳尖就愈無力。反倒是站上跳板的那一刻，雙腳愈有力。

我不停念叨著步驟：

6 位於中國西南部地區的古代商業聯絡道路，與「絲綢之路」齊名。

「輕一點、輕一點……」

先用手掌拍一下大腿兩側，十根手指用力張開，再以一定的節拍慢慢走向跳台盡頭。

「抬頭挺胸，朴武源！」

我已經習慣了。在最後一刻，也就是準備跳水的前一刻，我會望一眼跳水池。至少，我想確定一下自己要落水的地方。十公尺之上的世界視野遼闊，而我要落下的世界顯得無比狹小。

「我叫你頭抬起來！」

氣識教練震耳欲聾的怒吼傳來時，我已經縱身躍下。還來不及感受到空氣有多冷、還來不及感受到身體劃破空氣的感覺，我已迅速下墜。

『要快點動起來，那才是最重要的。』

之前，看到完全沒有進步的我，羅恩江說出了這個祕訣。她說這是很普通的祕訣，跳水界的人都知道。

就算不用腦袋思考，肌肉也會記住所有動作——除了入水的動作。接觸水面的瞬間，我就知道動作錯了。

『完蛋，毀了。』

手碰觸水面的那瞬間，著火般的感覺向胳膊襲來，全身彷彿觸電一般。疼痛感沿著胳膊往上竄，讓我的肩膀動彈不得。與其說是水鬼，更像火鬼把我拖進了水裡。我的身體異常燙，甚至感受不到池水的冰冷。

下一刻，我的身體浮出了湛藍的水面。氣濊教練站在池邊哇哇大叫，但是我什麼也聽不見。

「天啊，太扯了。你的身體怎麼會這樣？」

或許，我也期待著會有這樣的反應吧。但媽媽只看了我一眼，就立刻到房間拿醫藥箱。因為落水姿勢錯誤，我的全身開始出現瘀青。我拿出冰箱裡的水壺大口喝下冰水。媽媽坐在餐桌前，直截了當的說：

「手伸出來。」

小學一年級的時候，我非常害怕聽到這句話。每次聽寫分數太低時，媽媽就會要我把手伸出來，用小支的尺或蒼蠅拍抽打我的掌心，一邊要我好好反省。如今，家裡已經沒有小支的尺或蒼蠅拍了。尺應該是用不到，所以消失了；蒼蠅拍則是在電蚊拍出現後，變成了舊時代的產物，早已行蹤不明。

我迅速伸出手。

「不去醫院沒關係嗎？」

「嗯。」

媽媽看著我手腕和手臂上的大片瘀青，輕嘆了口氣。那聲嘆氣是什麼意思呢？是失望，還是擔心？我滿心疑惑，但沒有問出口。

我愈是磨練跳水技術，媽媽的包紮技術就愈純熟。跟某些人一樣，她相信大大小小的傷只要纏上紗布就會好。媽媽先從手腕開始包紮，藍黑色的瘀青逐漸被覆蓋，我總覺得，像是在掩蓋什麼令人難為情的痕跡。

當我第一次在跳水訓練傷到全身瘀青時，媽媽失聲痛哭了。她什麼也沒說，只是不斷哭泣。我很驚訝，媽媽竟然會像孩子一樣嚎啕大哭。不過，習慣了我身上的瘀青後，媽媽便開始大呼小叫：「太扯了，怎麼會弄成這樣？」我覺得這比較像正常人的反應。雖然這只是我自己的解釋，不過我將媽媽的這種反應，定義成是巧妙結合了對兒子的擔憂、責備和支持的結果。

我還沒有定論，而媽媽默默的忙著用紗布把瘀青緊緊包住。對跳水選手生涯邁入第五年的人來說，這樣的瘀青並不是勳章，而是丟人現眼的證據。

「好了啦，太緊了。」

「還不是有人帶著這樣的傷回家？你應該清醒一點，好好完成跳水才對。」

媽媽會怎麼看待這種每天無止境的跳躍、翻滾的人生呢？她真的懂嗎？我又喝了一碗冰水，然後推開她。

「你要去哪裡？」

「去重訓。」

「吃飯呢？」

我穿著拖鞋走出玄關，沒有回答。我怕一開口，就會編出一連串的謊話。重訓只是藉口，帶著這副身體上後山重訓，只會遭人側目。我的全身開滿了花，青一塊、紫一塊的瘀青不只出現在皮膚上，恐怕也出現在心上。這是自尊心的問題，是我沒有學好跳水技術、是我缺乏能力的證據。

我緩緩走著，像是要穿著拖鞋走到世界盡頭那樣。接觸跳水以前，我會把運動鞋鞋帶綁緊。自從開始跑游泳池、開始跳水後，我就不再穿需要綁鞋帶的運動鞋，而是露出腳趾的拖鞋。颳風了，我用力踏著地面，春風在我的腳趾之間沙沙作響。搔癢的感覺讓我笑了出來，還笑岔了氣。

我走到奇蹟便利商店，奇蹟工讀生依然在向客人解釋什麼的樣子。我經過便利商店、穿過斑馬線，走了三個街區左右。有路人看向我的時候，我便壓低連帽衣的帽子。走著走著，我看見了一個老舊公寓社區，裡面有許多老樹，蓊鬱成林。要是沒有高高的公寓大樓，我還以為這裡是植物園。

『聽說羅恩江退出了？』

權在薰的話讓我深受衝擊。為什麼這傢伙知道的事情，我竟然不知道呢？我低下頭，失魂落魄的看著羅恩江送我的花泳褲，以及開始緩緩浮現瘀青的手腕。

羅恩江的家在十八樓。她說過每天都要上下十八樓三次，沒有一天例外。

既然她已讀不回，我只好來找她問個清楚。

『頭抬起來！動作要快速精準！』

氣識教練的指導，竟然也能運用在日常生活中。我按下門鈴，對講機沒有發出聲音；我又按了一次門鈴，這次門打開了。最先映入眼簾的，是和我一模一樣的三線拖鞋。我抬起頭，是羅恩江。

走來的路上，我解開纏繞在手腕上的繃帶。我把滿是黃色、紅色、藍色瘀青的手伸到羅恩江面前。她看了我的樣子，吐出一口氣。

「開花了。」

羅恩江沒有笑。那個即使我受了傷，也笑得若無其事的羅恩江，已經不在了。我還寧願羅恩江笑，笑也沒關係……

「要不要去散步。春天了，花開了。」

「你就那樣子出門嗎？」

羅恩江的目光停在我紅腫的手腕上。我把手腕藏到背後，裝作若無其事的樣子。

「不要只看我泳褲上的花，要去看真正的花啦。」

羅恩江這才笑了出來。無論她想到了什麼，今天就先別管了。

2 從點心開始的跳水之路

爸爸說，從我開始喜歡玩水的時候就看出來了。但到底看出了什麼？我試著努力回想一切是從哪裡開始的。

「我想當一隻青蛙。」

一切始於這句話。當我說出這個有些莫名其妙的夢想時，那瞬間，我的命運就此決定。父母都是哺乳類，孩子不可能變成兩棲類。但是我的父母似乎不想告訴自己的孩子（也就是我），什麼事情是「不可能的」。我猜他們心裡是這麼想的：「如果不能變成兩棲類，就把孩子當成能超越兩棲類的幼苗來養吧。」

父母希望我健康長大，所以我從小就加入兒童體育班。當大人問我長大後想當什麼，我都非常誠實的回答，而且回答如出一轍：

「我想當一隻青蛙，因為青蛙很會游泳。」

明明有那麼多棲息在水邊的動物，明明有海豚或鯨魚這類出沒在大海的物種，為什麼我偏偏要選兩棲類！在五歲小朋友的眼裡，青蛙大概是最了不起的生物吧。

和我一起加入體育班的朋友早就脫離浮板，開始練揮臂的動作了，比較厲害的甚至進階到仰式，但我還是搞不清楚捷式[1]該怎麼踢水，還在克服人生難關。因為年紀還小，我實在不太能接受自己落後他人的事實。直到我把整座游泳池的水喝得差不多的時候，才成功結合了捷式的揮臂和踢水動作。

一開始，爸爸就對我的運動神經沒有太大期待，唯一的期待是「健康長大」。因為早產，我一出生就只能待在保溫箱裡，所以光是看到我天天準時搭上體育班的專車，爸爸就很滿足了。

「就算流鼻血，我還是要當一隻青蛙。」

我不記得自己做過哪些超出能力的訓練，只記得練游泳的時候，我流過鼻血。當時媽媽被嚇得不輕，爸爸則一臉嚴肅，勸我別再練。那時候，我大小病不斷，確實不需要強到可以變青蛙的游泳訓練。但是父母的擔憂無法澆熄我的鬥志，雖然肉體上是天生的早產兒，但是老天爺給了我一個禮物，那就是頑強不屈的鬥志。

我的鬥志從成為青蛙的夢想出發，催生出體育班游泳隊裡最會游蛙式的孩子。

爸爸總說：回想起放好浴缸的水、帶我一起洗澡的時候，就知道我會成為那樣的人，說他早就看出來了。到底他從年幼的我身上看出了什麼呢？我實在不明白。

雖然「努力練習游泳」，是為了健康長大的其中一個手段，不過我樂在其中。我也參加過各種比賽並奪得獎牌，在水中度過了愉快的童年。但是升上高年級後，游泳成績卻不見起色。當年十二歲，正面臨青春期之苦的我，在學會如何抵抗各種衝擊之前，就被無法實現夢想的挫折打垮，渴望以游泳選手功成名就的目標，也就此崩潰。我明明那麼喜歡游泳的……但是，現在的我，該離開水裡了嗎？

我害怕對水以外的世界懷抱夢想。離開水裡，意味著放棄我自己。所以雖然沒有人要求我，我還是每天到社區游泳池游個幾圈，而就是在這個時候，我遇見了氣氹教練。依稀回想起來，不知是奇蹟還是幸運，他的出現不折不扣是個誘惑，再說還不必離開水裡，簡直勾了我的魂。

「送你飯捲，怎麼樣？和我一起跳水吧？」

1 捷式，也就是俗稱的「自由式」。正式比賽中的「自由式」代表「選手可採用任何姿勢進行比賽」，由於「捷式」是至今最快的游泳方式，因此大部分選手都會選擇以「捷式」參加，久而久之「自由式」變成了「捷式」的代名詞。

「飯……飯捲？」

這是我當下所能擠出的幾個字。氣溑教練從沒改變，無論是過去還是現在。運動的力量從哪裡來的呢？答案是「點心」。氣溑教練趁我還在為自己沒能游好蛙式而恍神的瞬間，悄悄靠近。

「我很會做迷你飯捲[2]喔，而且突然很想跟新認識的朋友一起吃。」

「大叔……你是誰啊？」

小時候，父母曾經告誡過我，絕對不可以跟陌生人走，也絕對不可以吃陌生人給的食物。而氣溑教練，就是陌生人。

「你知道什麼是『麻藥飯捲[3]』嗎？」

「麻……麻藥？」

「嚇你的啦，它跟迷你飯捲是一樣的東西。」

我跟爸爸在廣藏市場吃過的迷你飯捲，和氣溑教練所說的麻藥飯捲似乎天差地遠。眼前這位年輕男子一直要我吃飯捲，總覺得是想下藥帶走我。

『人們避開大便不是因為它可怕，而是它很髒。』

我的腦中瞬間閃過這個念頭，於是趕緊起身離開。正當我想悄悄離開時，氣溰教練接下來說的話，卻讓我不得不接受他稍後給我的飯捲，宛如命中注定一般。

「你剛才跳水的預備動作實在太帥了，是我看過最棒的。」

最棒的、跳水、動作。這是我一整天泡在水裡練習，也不曾聽過的詞彙。休息時間結束的哨聲響徹游泳池。氣溰教練坐在游泳館的角落，看著孩子們游泳的模樣，好一陣子才消失。這是我第一次和氣溰教練相遇的過程。

十天後，當我再次遇見氣溰教練，是在游泳館之外。我們並未約好，那時我剛結束下午的訓練、走出建築物外，而氣溰教練順勢走到我身旁。我察覺到有人跟著我，猛一轉頭，只見氣溰教練滿臉笑容，遞給我一個藍色便當盒。

「這是我之前說的麻藥飯捲。」

「我又沒說要吃……」

2 韓國特色料理，用紫菜包捲白飯與各種食材。「迷你飯捲」因為比一般飯捲尺寸小巧，而有此稱呼。

3 「麻藥飯捲」是一般迷你飯捲加上特殊芥末醬，號稱好吃到讓人有如中毒般上癮，因而得名。

「是那樣沒錯，但我真的很想送給你。」

這句話真溫暖。這個人沒有擋住我的去路、強迫我收下東西，而是走到我身旁，和我並肩同行。我想，吃他送的飯捲應該沒關係吧。氣溨教練的迷你飯捲溫熱又好吃。

「味道怎麼樣？」

當時的我沒有回答，且至今我仍沒有告訴他當時飯捲的味道如何。氣溨教練的迷你飯捲暖暖的敲開了我的心房，我也得以逐漸脫離那個無法再創造紀錄、覺得自己毫無用處的孩子的自卑感。

○○○○○

經過十天的低潮後，羅恩江回歸了。沒有人問羅恩江發生了什麼事，因為不希望再次觸動她好不容易沉澱的情緒。大家都清楚羅恩江的個性，就算問了，她也只會笑笑的回應。

也有可能是，我們都不想把經歷過的低潮，或是將會面對的低潮掛在嘴上。所以看到回歸陸上訓練的羅恩江，大家只是若無其事的打聲招呼，似乎消失十天沒什麼大不了的。

「妳來啦？」

短短幾個字，包含了無盡的意思。那可能是「終於來啦」、「就知道妳會來」、「怎麼不早點來」，或是「應該沒事了，才會出現吧」、「不要再搞失蹤了」等等。羅恩江只是笑著，一如既往。她笑起來的時候，彎彎的眼尾相當迷人，彷彿一彎新月。

「羅恩江，就算是天才，也不該偷懶。」

說話的是權在薰。別人盡可能避免的話題，他非得說得那麼直白嗎？明明一語帶過就好，他非要囉哩囉唆，反覆強調國家代表隊選拔即將到來。

「喂，說夠了吧……」

坦白說，坐在墊子上乖乖聽權在薰說話的羅恩江也有問題。明明直接嗆回去就好，但羅恩江卻不發一語。前幾天晚上看著櫻花大發牢騷的羅恩江，究竟去哪裡了呢？

「朴武源，往下跳的時候，別人眼中的我們是什麼樣子啊？看起來很優雅吧？」

我們一邊欣賞盛開的櫻花，一邊繞著公寓社區散步，走了將近十圈，耳裡聽到的全是她的「優雅恐懼」。每個人擺在「恐懼」之前的詞彙都不同，不過無論如何，我們懷抱的夢想就是克服恐懼、創造美好。

我並未多想羅恩江煩惱的優雅恐懼，反倒是散步時，被我拖鞋發出的聲音吸引。我聽著節奏平穩的步伐聲，相信羅恩江一定會回歸。

「安靜，所有人坐下。不倒翁動作，開始！」

氣溨教練忽然出現並吹響了哨子。為期一週的陸上訓練，就從屈體入水的練習動作開始。屈體入水的練習動作又稱為「不倒翁」，是和時間賽跑的動作。我們必須坐下、雙臂貼住雙腿，接著短暫倒下再起身，就像不倒翁，至少得練習一千次才行。就算只有短短一分鐘，背脊也會溼成一片。當人們看到選手以穩定的速度反覆做這個動作且絲毫沒有差錯時，總是會說「看起來很簡單啊」，我真想請大家親自體驗看看。

媽媽曾經發誓要減肥，並叫我告訴她瘦肚子的方法。我告訴她屈體入水的練習動作，結果隔天，我的後背烙上了媽媽的巴掌。她肚子痛得無法從床上爬起來，氣得發飆。但是那樣的動作，我們每天都當吃飯一樣練習，而且這還只是基礎中的基礎。

「哈，我的身體已經不是我的身體了，這就是我的人生。」

我自言自語著，問題是聲音有點大，而氣滊教練的聽力又特別敏銳。

「朴武源你這個傢伙，很愛抱怨嘛？Come on Baby!」

氣滊教練一旦說出「Come on Baby」，意思就是要讓你嘗嘗地獄般的滋味，要你像嬰兒般執行他的命令，不能有半點想法。我像個孩子一樣走到氣滊教練面前。

「開始吧，直到我說停為止。」

隨著哨聲響起，我也開始臂立動作。這是用來練習向後跳水的動作，困難度很高。我用力一蹬開始倒立，大概只有老天爺知道我要維持這個動作到什麼時候吧。明明陸上訓練還沒開始，我卻已經在練核心肌群了。

「身體打直！要是敢掉下來，就等著下地獄吧！」

全身的血液都流到大腦，而我眼前是氣滊教練的腳趾，真想張嘴咬住。

「朴武源，給我進國家代表隊。」

我的怒氣瞬間燃起。我用力夾緊屁股，而能做的抵抗只有這樣。

「咦，泳褲上的花怎麼變小了？」

笑聲此起彼落，偏偏今天短褲裡穿的是花泳褲。錯就錯在我不知道羅恩江什麼時候會回歸，所以一直穿著它。

『唉唷，真丟臉。』

瘀青的手腕隱隱作痛。我失去平衡，腳向後彎，身體搖搖晃晃的。

「朴武源，加油！」

是羅恩江的聲音。平常不太大聲吼叫的羅恩江，竟為我加油——應該是因為我們一起賞過花吧。我的肩膀用力，再次回到原本的姿勢。我不是會輕言放棄的人，我要證明什麼是平衡感。

我調整好呼吸、閉上眼睛。變成一棵樹吧，變成文風不動，穩如泰山的存在吧。

我們到「長青屋」幫羅恩江辦回歸派對。選這間店的原因，不僅是店名和經常跳進湛藍池水的我們非常符合，也因為每次吃完辣炒年糕後，店主奶奶炒的炒飯滋味一絕。

「不給我點心嗎？」

「吃什麼點心。這是陸上訓練！」

等待辣炒年糕煮熟的期間，我來了段一人分飾兩角的戲碼。人真的是說變就變，例如氣溨教練。

羅恩江坐在我對面，看著我模仿氣溨教練，雖然她面無表情，不過微微抽動的鼻孔露了餡。她有個習慣，就是被逗笑的時候，一定會先試著忍住。她說一旦笑出來，身體各個部位就會失控，她不喜歡這樣。她刻意訓練過，所以如果比賽途中發生搞笑的事情，就不會笑出來。

「你也是吃過東西才來這裡的嗎？」

我隨口問了權在薰。

「怎麼可能，我可是天生就要進入國家代表隊的人。」

權在薰把一片醃黃蘿蔔放進嘴裡，邊嚼邊說。確實如此，權在薰在基因上就跟我截然不同，他可是接受過菁英運動員課程才來到這裡的。在跳水界，「權在薰」代表著冉冉升起的新星。不，他不是冉冉升起的新星，他一出生就是一顆星星。

「你是為了點心，才開始運動的嗎？不會吧……」

羅恩江用勺子攪動逐漸沸騰的辣炒年糕。

「你們都不懂。有太多選手因為千奇百怪的理由，才選擇那個運動項目，你們不知道對吧？」

我決定告訴羅恩江，她口中的「不會吧」拐騙了多少個孩子。我一一細數自己知道的案例：某某短道競速滑冰選手，因為暑假太熱跑去滑冰場，覺得很涼爽而決定投入訓練；某某棒球選手，因為聽到總教練要請吃奶油麵包，受不了誘惑而上當；某某射箭選手，因為跟爺爺順路去射箭場吃炸豬排飯，在那裡接觸到弓箭；排球界知名的某某選手，因為聽到總教練要請吃生魚片，毫不猶豫就使出扣球技法。

究竟他們對自己的運動項目有多大的熱愛與決心呢？他們有的，應該只是躲避炎熱的意志、對奶油麵包的憧憬、對炸豬排和生魚片的執著吧。

光是我認識的國中同班同學，就有人為了喜歡的前輩改練習現代五項[4]。在這個世界上，還真不少因為「不會吧」的事，引發投入動機的情況。從某種層面來看，「不會吧」和偶然或命運，沒有太大差異吧。

「在薰，你練跳水的時候沒有遇過挫折嗎？」

就算聽到羅恩江的問題，權在薰仍然面無表情的咬著醃黃蘿蔔。我太清楚他的態度了，那是「這是什麼鳥問題」的意思。雖然權在薰沒有惡意，但是他常常因為漠然的表情被誤會。話說回來，反正他這個人並不在意別人怎麼看自己，所以根本不擔心是否被誤會。可以說，對這傢伙來說，世界上只有跳水和他自己。

「妳是因為太累才潛水的嗎？」

這傢伙直白的問題，讓羅恩江啞口無言。氣氛變得有些尷尬，眼前熱騰騰的辣炒年糕都快被這個氣氛冰凍了。我想打破僵局，趕緊說了個冷笑話。

「說到潛水，當然是羅恩江啊。她潛泳可以到一百公尺吔！對吧，羅恩江？」

情況變得更複雜了，現在換他們兩個盯著我看。權在薰順手將辣炒年糕盛到小碟子裡。我以為他要給羅恩江，結果卻自己吃了起來。羅恩江從鍋子裡撈出幾塊魚

4 現代五項包含馬術、擊劍、射擊、賽跑以及游泳，並於一九一二年夏季奧林匹克運動會時，被列入比賽項目之一。

板，一副要吃不吃的樣子。

「勝負總在一瞬間。」

這個毒辣卻實際的回覆，非常權在薰。跳水是在一．八秒內就要分出勝負的運動。我很驚訝，為什麼要忽然提起這個大家都知道的事實？

「所以呢？」

雖然口氣很平靜，但從羅恩江氣呼呼的表情來看，不難讀出她是怎樣的心情。

「什麼所以呢？如果沒信心贏得比賽，就早點放棄吧。」

雖然這句話一點錯也沒有，但是權在薰那種不懂得看場合、想說什麼就說什麼的樣子，格外令人討厭。羅恩江好不容易才平復情緒並回歸，他卻連「一起加油吧」這句鼓勵的話都沒有，這算什麼？不管是在跳台上還是在空中，權在薰都像自動化機器一樣絲毫不差的動作，所以別說是建議了，連對朋友的回應都毫無人情味。我實在無法苟同他的這種態度。

「權在薰，你又來了！愛找人吵架。羅恩江，在薰是說沒時間了，要摸清、安撫自己的身體和情緒，改變要花很多時間的。教練說得沒錯，要快點動起來。國內選拔賽就快到了。」

但是，我只聽見動筷子、喝水的聲音。我們坐在一起吃鍋裡熱騰騰的辣炒年糕又不是為了拍ASMR吃播，怎麼會這麼安靜。再說我也沒做錯什麼，為什麼要看這兩個人的臉色？我真可憐，這種尷尬的氣氛真是謝了。明明不渴，我還是喝了幾口水，卻不小心嗆到。

「咳咳！」

店主奶奶一邊拍打我的背，一邊將贈送的炸餃放到桌上。

「你們幾個，沒看到武源都快斷氣了嗎？如果是來吃美食的，就開心一點，邊聊邊吃才對。又不是在拜祖先。」

果然，常客還是有各種好處的。店主奶奶太了解我們了，知道我們是運動選手，就算沒有主動說什麼，還是時常幫我們加菜，也會比別桌炒更多飯給我們。我告訴店主奶奶不必這樣，但她的回答卻烙印在我的心上。

「要感謝我的話，就去奧運拿金牌，再來我們店裡接受採訪，讓我們這間店爆紅。」

我告訴店主奶奶：別說是奧運，我能不能戴上國旗徽章出賽都成問題。結果，臉頰被店主奶奶捏了一下。她鼓勵我，開始挑戰就是成功的一半，又笑著說自己開了一輩子的小吃店，如果沒有早死，就可以排隊等著當富婆。店主奶奶的從容真讓我羨慕。

每次站上跳台，我都會緊張得全身發抖。我總是提心吊膽，擔心身體使出多餘的力量，讓平常練習了無數次的動作瞬間化為烏有。我想相信店主奶奶的玩笑話：只要沒死，事情都可以解決，時間會解決一切。

鍋裡滿滿都是炒飯，雖然裡面只放了海苔粉、麻油、炒泡菜、醃黃蘿蔔末，但是滋味很好。尤其是鍋底的飯粒加熱成鍋巴的聲音，令人陶醉。

「欸！就算氣氛很糟，也不能那樣啊！照規矩來。」

羅恩江想把炒飯盛到自己的盤子裡。我用湯匙推開了羅恩江的湯匙。再怎麼吵架，炒飯一定要放在鍋子裡一起吃，這是我們三個人的約定。我們禮讓過對方先吃，也爭過誰要先吃，吵吵鬧鬧度過十多歲的青春。但是不管如何，這都是必須遵守的原則。

「好啦。但是今天先分三等分，我沒心情跟你們分著吃。」

羅恩江真實表達怒氣的模樣真可愛。聽到羅恩江的建議，權在薰立刻把鍋子裡的炒飯精準分成三份，毫不拖泥帶水。

「很幼稚吔。就算這樣，我們明天還是要跳進同一個游泳池裡，知道嗎？」

我也終於到了會碎碎念的十七歲了。眼前這兩個人一副事不關己的樣子，靜靜吃著炒飯。我知道他們聽見了我說的話，只是假裝沒聽到。

這頓飯我們一樣平攤，整桌飯錢除以人數，也是我們三個人的原則。若要其中一個人請客，除非他在奧運上拿到獎牌才有可能。我想，所有運動選手的願望，應該都是把美食塞進朋友的嘴裡吧？

「難得三個人合體，要不要去唱歌？」

為了打破這個詭異的氣氛，就算我是音痴，也豁出去了——我的歌唱技巧根本就是念經的程度。羅恩江沒有回應，權在薰一樣站在原地，盯著巷子的另一頭。只有羅恩江回家的路不同，要是宿舍沒有在暑假前提早開始整修，我們三個人早就在路燈的照耀下一起走回宿舍。我很喜歡三個人靜靜的往同一個方向走，有時候走在前面，有時候落在後面，就算不說話也沒關係。

「今天就到這裡吧。明天一大早就要訓練，還是早點回家好。」

聽到羅恩江不帶情緒的聲音，我點了點頭。我一邊打哈欠，一邊說下次再一起去唱歌，一定要讓大家看看我突飛猛進的實力。我本來想送羅恩江回家，但是權在薰的聲音攔住了我。

「欸，朴武源，快點走吧！」

真不像這傢伙的作風。之前三個人混在一起的時候，是權在薰提議別讓羅恩江落單，非要送她到十字路口的。為什麼他會變得這麼難搞？

「你幹麼？」

「什麼？」

「你為什麼要對羅恩江那麼凶？她好不容易才從低潮走出來，至少我們兩個要鼓勵鼓勵她吧？」

我跟羅恩江在公寓社區邊散步邊欣賞櫻花那天，她非常討厭自己。

「我覺得眼前一片黑。就連第一次站上跳台，也沒有這麼黑暗過……好像一切都不會變好。如果跳不出好成績，我該怎麼辦才好？」

羅恩江說她的身體可能出了問題，怎樣都無法進步，所以壓力很大，但我卻沒辦法安慰她什麼。我連遭逢低潮都是一種奢侈。

雖然總教練說，世界上沒有不遭遇低潮的選手，又說選手的成長過程必定伴隨著低潮。但是對當事人來說，這必定是很深的打擊。而且雖然人都會經歷低潮，但是你我經歷的低潮又各不相同，可以說每個人都不願意遭遇低潮。

「在薰，你做什麼都很容易上手，你是天才，怎麼會了解……」

權在薰是公認的強者。他從國小低年級就開始大放異彩，接受最頂尖的訓練，到高中都在拿獎學金，人生一帆風順。有時候我會想，他的字典裡真的有「低潮」嗎？他真的知道「低潮」的意思嗎？

「你說誰是天才？你又了解我喔？」

他的語氣咄咄逼人，出乎意料的回應也讓我停下了腳步。國家代表隊選拔賽即將到來，這段期間大家既期待又顯得神經兮兮，不過權在薰則是例外。沒想到這樣的權在薰竟然動了脾氣，那個最先學會所有跳水技巧、表現近乎完美的權在薰，似乎正一點一點改變。我停下腳步，但是這傢伙依然繼續前進。以前我走到一半停下來時，他還會轉頭問我在幹麼，現在卻不是那樣。

「欸，權在薰！」

儘管我拉開嗓門大喊，他還是不發一語，繼續照自己的節奏前進。

「你以前還會安慰我，說我腰很長，比別人更有優勢……那個人去哪裡了？」

我對著權在薰的後腦勺大聲咆哮。就算是野狗亂吠，都會轉頭看一眼吧，但是這傢伙最終沒有轉過頭來。青春期發育時，我跟權在薰說過，我的腰好像長得比腿還長，那時候權在薰笑著對我說：

『朴武源，最適合跳水選手的體型是修長的腰身啊。你已經是拿金牌的料了，不要畏畏縮縮的。』

3 從頭到腳一直線

我的身體長出了鰓，從現在起，可以一輩子住在水裡，不必去理會那些惱人的聲音。雖然我的夢想是變成青蛙，不過只要可以在水裡自在的游來游去，變成什麼都沒關係。

「抬頭！」

「快跳進去！」

那些困擾我的聲音逐漸破碎，在水中散開。水面下一片祥和，身體逐漸柔軟，每一處關節、每一條肌肉彷彿泡在牛奶裡的吐司般化開。這份舒適讓人開懷微笑。

然而這個深不見底的水中，忽然出現方形磁磚。原本在水草間優游自在的我，眨眼間被囚禁在巨大的水族箱裡。方形的牆壁開始緩緩移動，我急得四處游動想避開，卻心有餘而力不足。某個無形的東西準備將我吞噬。

轉瞬間，牆壁又變得透明，無數雙眼睛朝我衝過來。我發出尖叫，但是聲音卻在水中化為泡沫、碎開。

「起床！你這樣還想拿國旗徽章嗎？」

熟悉的聲音來自爸爸。我的四肢變得僵硬、無法控制魚鰓。不過問題不在於呼吸，而是胸口上無形的壓力。

我做的夢從來不是平靜祥和的，不是永無止境的不斷從跳台上跳下，就是不小心掉進水裡，瞬間承受巨大的水壓……

『真是莫名其妙。我在水裡明明只會掙扎，為什麼要站上跳台呢？』

我拍了拍雙頰，手從下巴摸到脖子——剛剛魚鰓還在。刺耳的哨音隨著一聲「跳！」的吼叫傳來。我站在懸崖邊，彎身抓著腳趾。腦袋拚命叫我停下，但是肌肉卻自顧自的行動，自然做出向後跳水的動作，頃刻間身體如旗幟般在空中飄蕩。

『應該要碰到水面了才對。』

身體不斷往下、往下墜落，卻碰不到水面。我急得胡亂掙扎，動作變得亂七八糟。我閉上眼睛再睜開，身體還在跳台上。

「還不起來？」

啪，屁股一陣火辣。用力打在屁股上的巴掌……是真的。我嚇了一跳，猛一睜開眼，面前是一臉無奈看著我的爸爸。

「靠，是噩夢。」

「你啊，睡懶覺才是噩夢。還要繼續懶散下去嗎？距離選拔賽沒剩多久了。」

只盼望我「健康長大」的爸爸已經不在了。那個只要我開心，不管我做什麼運動都好的爸爸，究竟去哪裡了呢？

「每個星期日都和爸爸去爬山，多幸福啊。」

「唉唷，那哪算幸福。明明是你說沒錢，不讓我繼續去健身房，又覺得抱歉才去爬山的。還說要指導我重訓。」

在爸爸的監督下，我每天在家裡、學校、訓練中心來回，讓人苦不堪言。

「這是因禍得福！趁這個機會，你還可以多做重訓啊。」

爸爸既不是體育大學出身，也不是立志將一輩子奉獻給跳水項目的人，但是開口閉口倒像個跳水專家。他本來是長輩足球賽中的守門員，因為我，才勉強宣示要為跳水付出一生。

「我原本以為防守是人生的美德，多虧了我兒子，我才了解什麼是進攻。」

每次我出賽，爸爸都會向公司請假，最後乾脆辭掉工作，開了一間小工廠，但什麼也沒有改變。討生活沒那麼容易，說好聽是社長，結果爸爸變得更忙，根本沒空來看比賽。或許是因為沒辦法親自看兒子比賽，內心過意不去，爸爸開始大量蒐集各種跳水書籍和影片資料，丟給我各種建議。

「重訓時間長一點才好。這樣體力會變好，做空中動作時施力也會不一樣。我說得沒錯吧？」

看著爸爸滿懷自信的樣子，我緊緊閉上嘴巴。要是胡亂給他正面回應，重訓時間恐怕會等比級數增加；要是否定他的想法，肯定要被他罵到臭頭。

「孫興慜[1]選手有老爸孫雄正，朴武源有我！」

看著爸爸背對著窗戶、拳頭搥胸的樣子，太讓人害怕了。我望向窗外的天空，今天似乎格外炎熱。蔚藍的天空燦爛耀眼，一片雲也沒有。我正想多看一眼，但一件運動褲朝我飛來。

「吼，奇怪！別亂丟啦，先抖一抖灰塵。」

我故意做出反抗、厭煩的回應。但爸爸似乎看透了我，輕輕鬆鬆破解了我的厭煩。

「幹麼先抖一抖？怎樣都是你的大便啊。」

幸好孫興慜選手沒有這樣的爸爸。我起身，故意用屁股擠了他一下。

○○○○○

爬山的過程中，爸爸全程都在強調重訓的重要。我想爸爸的扁桃腺一定很強韌，再怎麼大吼，喉嚨依然好好的；媽媽則是完全相反，平常不怎麼說話，卻動不動就扁桃腺發炎。

1 南韓職業足球選手，有「亞洲一哥」稱號。孫興慜在足球界的成功，很大一部分是源自於父親孫雄正的鞭策。

雖然權在薰這傢伙不通人情，但以前週末還會偶爾傳訊息問我在做什麼；不過他最近變得有點奇怪，說話的語氣也怪裡怪氣的。

武源

我來爬山。要來嗎？

到達重訓場地後，權在薰依然已讀不回。以前就算只是一個問句，他都會立刻回覆，不知道他究竟發生了什麼事。唯一清楚的是，這傢伙變了。之前跟權在薰抱怨過，說我和爸爸開始無厘頭的重訓，沒想到他竟然投來無比羨慕的眼光。

「朴武源，你在做很有創意的重訓。」

權在薰的話常常有很強大的力量，就跟他的跳水動作一樣。他說的話很樸實，簡短但鏗鏘有力。雖然權在薰不擅言詞，但被譽為跳水界的天才，又充滿自信，讓我既羨慕又驕傲。

常常來「泉井」這個地方的爺爺，向爸爸和我打招呼。

「朴社長，今天比較晚喔。我們小選手今天也要加油。」

這裡沒什麼特別的，就是住宅區後山出泉水的地方。相較於年輕人，比較多長輩來這裡。為了保護山頂流下來的泉水，人們在這裡蓋了一處亭子，亭子四周放著許多奇形怪狀的椅子。亭子旁邊，有一台不知名人士捐出的老舊收音機，整天播放新聞、政論節目和音樂。

「喂，新來的，快點下來。我們小選手來了。」

冀蒼爺爺對掛在雙槓上的陌生爺爺大喊。那位「新來的爺爺」邊發牢騷，邊放下雙槓上的手。接著在我身旁丟出一句話：

「都把老爺爺趕下來了，之後一定要拿金牌吧。」

好丟臉啊。

「哈哈哈，老先生，我們知道了。」

爸爸果然厲害。他陪著笑臉，輕揉初次見面的老爺爺的肩膀，並連聲感謝。幸虧如此，新來的爺爺也笑了起來，他從口袋裡掏出手帕，擦拭雙槓。

「朴選手，快來練習吧！」

他的聲音宏亮，泉井旁的人們都看向我們。爸爸從褲子口袋裡掏出帶子，綁在雙槓的柱腳上。我心想，重訓非得這麼原始不可嗎？但是爸爸的字典裡沒有「反抗」這兩個字。

「哇，朴社長，奧運選手的爸爸果然不一樣。我們小時候也做過對吧？我以前還拉過橡膠輪胎吔。」

原本在泉井邊做體操的老爺爺，紛紛聚過來你一言我一語。接下來就是不斷重複的畫面——第一次來到泉井的老爺爺，通常會問我是誰；已經看過我幾次的老爺爺，則忙著解釋我是誰，其中最積極的是冀蒼爺爺。

冀蒼爺爺也姓朴，但是跟我家毫無親戚關係。即使如此，冀蒼爺爺還是會立刻做出聲明：

「姓『朴』的都一樣啦，幹麼這麼計較。韓國姓朴的都一樣。」

雖然冀蒼爺爺連「跳水」怎麼寫都不知道，但是聽到爸爸信心滿滿的說我是跳水選手，從國中開始就極有潛力，正等著國家代表隊選拔；又聽爸爸說我當上國家代表隊後，要立刻去參加奧運等等介紹，一下子就被騙得團團轉。後來冀蒼爺爺透過影片、網路新聞學習跳水知識，每次在泉井見到我，都興高采烈的迎接我，還主動把使用運動器材的其他老爺爺趕走。冀蒼爺爺知道這時候的我有多辛苦嗎？雖然我很想找個地洞鑽進去，卻還要裝作若無其事的樣子。

果然，長輩的目光很銳利，冀蒼爺爺總會對畏縮的我說同樣的話：

「朴武源選手，抬頭挺胸面對訓練！要去奧運宣揚國威的人才，不可以這樣畏畏縮縮。」

因為太常聽到這句話，當老爺爺把運動器材讓給我時，我都會大大的行個禮感謝他們，然後理所當然的使用。

冀蒼爺爺是泉井的守護者。他誇下海口，說未來我站上奧運殿堂、摘金成功後，這座泉井將會成為跳水選手的聖地。還興奮的表示，到時候會接受各家媒體的採訪。

「好了，朴選手，開始訓練吧？」

每次上後山，爸爸一定會叫我「朴選手」，聽起來非常難為情。既然沒辦法鑽進地洞裡，我只好裝作沒聽見、專心運動。我把帶子勾在腳上，開始深蹲——要做五百下才能結束。

幾位來泉井喝水的人瞧了我一眼。冀蒼爺爺覺得時機正好，趕緊站了出來。

「啊，這位是我們這一區的跳水選手。馬上就要去參加奧運了。現在正在訓練。」

「咦，是跳水選手啊？我打娘胎以來，第一次看見跳水選手呢。」

四周是充滿好奇的目光。來到泉井的老爺爺，分別模仿起我的動作，認真利用運動器材活動身體。我低下頭，默默數著數，數字愈大，滴落在影子上的汗水愈多，大腿內側也逐漸痠麻。

其實我是逃跑的人。或許是認清了無法靠自己喜歡的游泳成功，才選跳水作為備案吧。在朋友面前，我從未說過自己願意為跳水犧牲一切。我必須誠實的說，雖然我想成為蛙泳選手，但是已經到達了極限；很可惜，但我只能放棄。

我認為，放棄這件事不能用「對或錯」這種非黑即白的邏輯來判定。雖然沒辦法成為蛙泳選手，但我不想完全放棄，只是找出在水裡玩的另一個方式而已——從跳台上跳下、進入水中最深處，最後用蛙式游出水面。我的信念是：生命是漫長的，選擇可以很多元。

我打電話給權在薰。電話那頭響起了鈴聲，但那傢伙並沒有接起。他在訓練嗎?我試著幫他編一個合理的原因，但是訊息上的「已讀」標示依然讓我不滿。以前，就算在訓練，這傢伙也會接電話，說聲「我在訓練」就掛斷。

我拖著沉重的步伐走向便利商店。在後山重訓完，不但需要緩和筋疲力盡的肌肉，也需要撫慰更疲勞的心理。這時候，爸爸不會阻止我去便利商店。

「嗚——咪嗚——」

細長而柔弱的聲音讓我停下腳步，隱隱約約騷動著我的耳朵。

「是不是我太累聽錯了?竟然出現幻聽。」

我這輩子都在游泳池裡，耳朵也從沒生病過。大概是選拔賽即將到來，壓力太大了吧。

經過電線杆前時，我再次聽見那道細長的叫聲。每當我踏出一步，這個聲音就像在跟我作對一樣響起，令我背脊發涼。天還這麼亮，不可能是撞鬼了。

『什麼聲音啊?』

都說好奇心殺死一隻貓，我轉身走到電線杆前。這裡堆滿了垃圾袋，發出陣陣惡臭，還有蒼蠅飛舞。我仔細看了看這堆垃圾，一片寧靜，果然是幻聽……

「咪嗚——」

垃圾堆中似乎有什麼東西發出沙沙作響。我用腳撥弄其中一袋垃圾，細長哀戚的叫聲隨即發出。雖然很髒，我還是下意識打開了發出聲音的垃圾袋。

「哎呀！這是什麼啊？」

是一隻小貓咪，大小剛好可以放入掌心的小貓咪。我的手掌上竟然有一顆跳動的小心臟，這讓我全身緊繃。

「貓媽媽不要你了嗎？」

小貓咪連眼睛都還沒張開。貓媽媽竟然就這樣拋棄了剛出生的幼貓！手掌上傳來的溫度，讓我的心臟撲通撲通跳。我用力吸氣，想讓怦怦跳的心臟平靜下來。也許是怕被再次拋棄，小貓咪縮起身體，小小的腳掌緊緊抓住我的手指。

這是我第一次撿到貓，但又不能帶回家。如果是奇蹟便利商店的具本熹，應該會知道該怎麼做吧。我打了個噴嚏，雖然努力忍住，但實在沒辦法，因為我對毛過敏。我所能做的，只有盡力咬緊牙關、忍住噴嚏，以免嚇到小貓咪。

「喵咪，我們就快到了……咦？咦！」

便利商店的門打開，一位似乎是客人的男孩跑了出來，但是氣氛很不尋常。好巧不巧，隨後具本熹像導彈一樣衝了出來。

「站住！」

壓低帽簷的男孩正好朝我跑來，而我的身體比腦袋先做出了反應——上前擋住他的去路。看到我突然出現在面前，男孩愣住了——一看就是第一次逃跑；如果是老手，一定會撞開我逃得無影無蹤。小貓咪在我的手中發抖，我用另一隻手迅速抓住男孩的後頸。

「哎呀！」

偏偏這隻手，是手腕受傷的那隻，於是我痛到鬆開男孩的後頸。幸好，男孩穿的是連帽上衣，我拽住了他的帽子。男孩脫掉被拉長的上衣，還好具本熹及時趕上抓住了他。我一手捧著小貓咪，另一隻手只剩男孩脫掉的連帽上衣。而被具本熹抓住的男孩正拚命掙扎。

「放開我！」

為了以防萬一，我擋住了那傢伙的退路。

「怎麼可能放開？你偷了東西吧。」

這個口吻真的很具本熹。我抖了抖連帽上衣，口袋裡掉出一條飯捲和最近熱賣的奶油麵包。「唉！」我不禁發出失望的感嘆。又不是偷了收銀台，只不過是一條飯捲和一塊麵包而已。但偷東西就是偷東西。

「你沒錢嗎？有錢就不會偷東西了吧。」

男孩沉默了。光看他僵硬的肩膀，就知道是新手。不知道是不是我的錯覺，他看起來一副死氣沉沉的樣子？地上又沒有掉東西，他卻死死盯著地板，這一幕真令人難過。

「聯絡你爸媽來還錢，這件事就當作沒發生；不然報警？你自己決定。」

聽到具本熹簡潔明瞭的提出兩個選項，我心裡只有佩服，她彷彿知道這個時間點會有小偷光顧，早就準備好的樣子。

原本低下頭的男孩，嘴裡似乎喃喃說著什麼。場面真尷尬。

「聽不到，說清楚一點。」

具本熹也明白男孩百口莫辯，真不知道她為什麼要這樣咄咄逼人。

「我……我爸媽不在。」

是去哪裡玩了嗎？男孩抬起了頭，他打算和具本熹硬碰硬嗎？

「什麼不在?」

為什麼她要問這個問題?我真不懂。

「怎麼會問那種奇怪的問題啊……」

不過,我已經跟他們沒關係了……這時,男孩小聲道出了自己處境:

「我是孤兒。我沒有爸爸媽媽。」

太陽還沒下山,巷子裡一片寂靜。在這個人跡罕至的巷子裡,小貓咪的叫聲打破了靜默。

「跟我來。」

具本熹到底在想什麼?她意氣風發的走在前面,男孩似乎放棄逃跑了,亦步亦趨跟在後面。我好想知道事情會怎麼發展。抓到男孩時,我才知道他是國中生,只是身材比較壯;原以為具本熹要把他交給警察,但具本熹竟然要我別想太多、跟她去便利商店!具本熹的腦結構真是難以理解。

一進到便利商店,具本熹就默默消失在倉庫裡。男孩手足無措的站在原地,不知該如何是好。為了以防萬一,我還是堵在出口。具本熹從倉庫裡走出來,手上抓著一大塊抹布。

「喂，擦完之後再走。」

「蛤？」

我和被抓來的男孩，異口同聲的發出這個問句。具本熹用手指了指要擦的地方。

「不要偷懶、好好擦乾淨。這相當於一條飯捲和一塊奶油麵包的錢。我今天不太舒服，所以打算請個幫手。」

任誰聽起來，都知道是亂編的。那個說想多賺點錢，連週末都承包下來的具本熹竟然說要請人？真佩服她可以臉不紅氣不喘，將謊話說得行雲流水。具本熹腦袋裡裝的是什麼？是錢。到目前為止，我所看過、所認識的具本熹，就是那樣的人。

具本熹的人生目標是「錢」。她堅信有錢才有力量，有錢才能買到所有東西。具本熹說她小時候很會讀書，所有人都對她有很高的期待，但是她認為「大學＝錢」這個等式不成立，所以果斷放棄升學。務實的具本熹為她二十歲設定的第一個目標，是賺兩千五百萬。

「馬上就是選拔賽了，不是嗎？還在這邊遊手好閒。朴武源，你完蛋了。」

然而，我只是將小貓咪推向前。正好在這個時間點，小貓咪發出了「咪嗚——」

的叫聲。那個就算天上掉下外星人，眼睛也不會眨一下，只關心如何提高便利商店銷售額的具本熹，忽然瞳孔放大。我搶在具本熹開口前說：

「牠也是孤兒，沒有媽媽。」

話一說完，我又想打噴嚏了。我的噴嚏聲引起了正在擦東西的男孩的注意，於是看向我們這邊。我告訴具本熹發現小貓咪的地方，那個毫不在意金錢以外事物的具本熹，卻連聲罵了幾句。

「喵喵，要不要住在這裡啊？你想喝牛奶吧？」

「嗯嗯，姐姐。」

我代替小貓咪回答。其實我連這隻貓是公是母都不知道。如果具本熹願意照顧牠，對毛過敏的我就很感謝了。但是哪有讓具本熹免費接受的道理。

「喵喵，就算是貓咪，也要知道這個世界的規則。天下沒有免費的牛奶，要在便利商店工作才行。你也是。」

「妳在發什麼神經啊？」

原本到處擦東西的男孩，現在直接在我們附近打轉。那傢伙應該也很好奇現在這個狀況。

「反正武源你也不能帶回家。我再徵求店長同意，聘請牠來當吉祥物吧。這樣牠可以賺自己的飼料錢。牠長這麼可愛，一定會表現得很好。」

這麼短的時間內就創造了一個就業機會，應該為具本熹的本事鼓掌才對。她加熱牛奶，拿給小貓咪喝。

被聘為奇蹟便利商店吉祥物的小貓咪，還得到了「喵喵」這個名字。雖然是在垃圾袋裡發現的，不過叫牠「垃圾」似乎不太好聽……思考後，我本來要叫牠「小垃」，但是一直沒有出聲的男孩忽然插了話，就變成了「喵喵」。我還沒機會說「小垃」[2]是童話故事裡的名字，男孩就開口：

「被拋棄已經很可憐了，還叫牠『小垃』！每次叫牠的時候，都會讓牠想起自己的出生吧。」

非常有說服力的說法。但是他憑什麼插手管我們的事啊？這傢伙打掃完後，具本熹給他自己的電話號碼。具本熹也不確定他是不是真的沒有父母，只交代了自己想說的話：

「我相信你。你已經還清飯捲和奶油麵包的錢，可以走了。但是！如果你想吃便利商店的東西，就來這裡吧。不要去別的地方。」

男孩扭扭捏捏的小聲問：「為什麼？」具本熹則是雲淡風輕的回答：

「我偶爾會需要幫手，所以決定雇用你，我很滿意你打掃的成果。希望你不要去別的地方。」

「好，我知道了。還有……對不起，謝謝妳。」

男孩低頭道歉和道謝的樣子，吸引了我的目光。其實道歉和感謝，才是最能代表我心聲的話語。我很抱歉拽住他的連帽上衣，也很感謝他默默做好具本熹覺得麻煩的工作。

「有空的話，星期五晚上過來一趟，我幫你留烤牛肉便當。」

男孩踏出門外後，又向具本熹鞠了個躬，才逐漸走遠。等男孩一消失在視線中，具本熹就開始整理貨架，她的整理動作有條不紊，一看就知道很熟練。

小貓咪大概是飽了，在具本熹用小豆漿盒做的窩裡沉沉睡去。我買了一瓶運動飲料，在立桌前開始優閒品嘗。清爽的氣息充滿身體。

2 源自韓國耳熟能詳的童話故事《레기, 내 동생》（意思是：小垃是我妹），故事講述一對愛吵架的姊妹。姊姊希望妹妹變成垃圾，且願望忽然成真；於是姊姊四處奔走，要讓妹妹回復原狀。

「剛才那個男孩，為什麼妳不報警？妳不是最討厭麻煩嗎？」

我們的視線沒有交會，具本熹朝桌面噴了消毒水，再用乾燥的抹布細心擦乾。

「對我來說，沒什麼比被拋棄更可怕的了。」

這又是什麼莫名其妙的話？我自言自語說初犯肯定不會再來光顧，不過具本熹笑了。

「朴武源，你沒有經歷過無父無母的委屈，才會這樣問。」

「妳就很了解？難道妳也是無父無母長大的嗎？」

這句話荒謬到我不禁笑了出來。但是具本熹的回答，卻讓我瞬間僵住。

「當然啊，我是孤兒。我之前沒說過嗎？」

這是犯規吧。我既沒做好心理準備，也沒想好如何防禦，對方卻直接攻了進來。飲料罐從我手中滑落。我最大的缺點就是不夠豁達，就算站上跳台無數次，依然會緊張，心臟就像要跳出來一樣。雖然試著安定驚慌的胸口，嚥下口水的聲音依然清晰。

『跳下去之前……不對，到入水之前，都不能顯露自己的缺點。必須從態度，展現絕對可以完美演出的自信。』

這是氣識教練經常說的話……但是具本熹卻毫無保留的吐露自己的匱乏、細數自己的弱點，甚至還是站在貨架前，有條不紊的整理飲料時說的。

「喝東西不要灑得到處都是。」

門口鈴聲響起，具本熹跑向櫃檯。

「您好，歡迎光臨。」

仔細一聽，具本熹的聲音是充滿溫度的。不是那種金錢至上、充滿資本主義銅臭味的乏味聲音。

4 從三公尺到十公尺的高度

「完蛋了，我們好像被那個『食物誘惑雷達』盯上了？」

一群小學生在游泳館吵吵鬧鬧。我們學校正舉辦地區游泳比賽，為了發掘、培養未來的選手。我也是從這裡開始的，在一切都還懵懵懂懂的情況下。

我和羅恩江叫氣瀸教練為「食物獵人」。雖然大家的情況各不相同，但都因為氣瀸教練的祕密武器而上鉤，過著不分週末、平日和晝夜，不斷練習跳水的生活。

「都什麼時代了，不會吧……真的有小朋友是為了點心而來運動嗎？」

羅恩江嘖嘖稱奇，一副不置可否的表情。孩子們在游泳館內跳上跳下、四處奔跑，而氣瀸教練則盯著這群孩子。他的模樣、眼神，透漏著不尋常的氣息。其中一個小朋友的喊叫聲，傳入我耳裡。

「要不要看我跳進水裡的樣子？我可以跳很高喔。」

我趕緊轉向聲音來源——這是條件反射，是偵測到危險的本能反應。遠處是一位看起來頂多只有小學二年級的男孩，他得意洋洋的站在其他孩子們面前。

「我可以做青蛙跳的動作。」

真無聊。都要開始比賽了，好歹做個暖身操，為什麼要搞個不相干的青蛙跳？這個世界因為青蛙而改變人生的案例，有我一個就夠了。我毫不猶豫的走向那個男孩，想挫挫他的銳氣。

「不准跳。」

說要青蛙跳的男孩，穿著跟青蛙非常搭的綠色泳褲。

「我不會跳。」

但是面對初次見面的我，男孩竟然可以仰頭盯著我、毫不猶豫的開口。這個孩子不簡單。

「不是，不是，我說的是跳水。不要跳到水裡去。」

「為什麼？」

這個情況下，確實會提出這個問題，但我卻一時語塞。不過既然已經插手了，自然沒有退路。我轉頭，發現羅恩江正興致高昂的看著我和男孩。看她嘴角抽動的樣子，應該是在努力忍住笑意。我進入跳水界的過程，羅恩江再熟悉不過了。

「你就會變成跟哥哥我一樣喔。」

「為什麼不可以變成哥哥那樣？你是誰啊？」

男孩完全不肯居於下風，泳鏡下的眼神令人生畏。那雙眼睛眨也不眨，似乎看透了我的心，真厲害。

「哥哥我從小想當隻青蛙，後來就開始跳水……無論如何，我是把跳水當飯吃的人啦。」

說到這裡，男孩用看著外星人的表情盯著我，眼神讓人倍感壓力。

「聽哥哥的話，我活得比你們久，當然知道更多。」

我從沒想過會有這麼一天，僅僅十七歲的我居然會倚老賣老。

「我已經一年級了，什麼都知道。你是故意的吧？不想讓我學青蛙跳。」

看來，他也被別人警告過不准青蛙跳或做其他動作。他的表情看起來，就像面前擺著糖果，卻被告誡吃了會蛀牙，然後糖果被硬生生奪走的樣子。看著他委屈的表情，我忽然無話可說。雖然如此，我還是平靜的說出心裡話，就像對過去的自己說：

「這個世界很大，還有很多有趣的事。所以到游泳館外去吧。」

「為什麼？」

真是的，好奇心旺盛的傢伙。

「我說，有趣的事情都在游泳館外面。」

話已至此，我決定使出渾身解數，就當作是拯救這孩子的人生。於是，我試著用最動人的聲音和目光引誘他。

「我送你迷你飯捲吧？」

泳鏡下，男孩的眼神開始動搖。目光閃爍不正是內心動搖的證明嗎？不過這個孩子沒那麼好騙。

「我不吃那種東西，如果是玫瑰炒年糕[1]就不一定了。」

太好了。多虧了迷你飯捲，至少讓眼前這位男孩免於犯下盲目站上跳台的錯誤。那個喜歡青蛙跳的傢伙和我不一樣，每個時代、每個時代不同，就像便宜的迷

1 將番茄與奶油加入辣炒年糕中，使辣炒年糕呈現粉紅色調，因此稱為「玫瑰炒年糕」，是辣炒年糕的新吃法。

你飯捲和貴了許多的玫瑰炒年糕。

我回到原本的位置，羅恩江看著我，笑得差點斷氣。她問管別人閒事是不是很有趣？我一時不知該如何回應。

「孩子們很聰明，不像我。」

最後我也笑了出來。一朝被蛇咬，十年怕草繩，這句諺語說的就是我。喜歡玫瑰炒年糕的男孩，應該不會像我一樣莫名其妙站上跳台。

「朴武源，那個孩子要跳水還是要游泳，都是命中注定的。」

這句話確實沒錯，但我只是擔心又會出現跟我一樣的孩子而已。

失落時，我知道會有人安慰我；但問題是，能讓失落的身體重新振作的，只有我自己了。

『一直以來都很開心……難道現在該離開水裡了嗎？』

但是要我離開水裡，比死更困難。「不想變成那樣的話，就更努力啊。」爸爸說得雲淡風輕，但做起來哪有那麼容易。

氣溓教練給我的迷你飯捲充滿吸引力，讓離開水裡的我，又重新跳進水中。當時的我深感挫折和自卑，正為人生感到徬徨，是氣溓教練不著痕跡的稱讚我，說我「真棒」。我想認識這樣的人，因為那樣的氣魄實在太酷了。「要不要吃飯捲？」和「不會游泳又怎樣」的態度，看似無心，實則體貼，讓當時的我甚至忘了自己是否真的餓了。

可能遇見氣溓教練的那瞬間，我的欲望正好甦醒。我想，大概是透過游泳找回健康後，還想表現得更好的欲望，支配了我當時的生理和心理。直到我遇到了瓶頸，怎麼也找不到突破口，只能原地打轉。

氣溓教練不會濫用食物誘惑術。那天他真的送了好吃的迷你飯捲給我，又一起在游泳館外面吃麻藥飯捲。小小的飯捲在嘴中蹦出精采的滋味，肚子的飽足感超乎想像。

「為什麼要跳水？」

這是我問氣溓教練的第一個問題。這麼看來，我也跟那個青蛙跳男孩一樣好奇心旺盛。氣溓教練把醬汁推到我面前，叫我蘸著吃。這樣做意外的好吃，甜甜辣辣的，美妙的滋味不停縈繞在嘴中。

「戰勝自我的挑戰，正是跳水的樂趣。」

對十二歲的我而言，「戰勝自我的挑戰」太過遙遠、虛無。但是這種煞有其事的話語和氣氛，讓我頻頻點頭。無論是過去還是現在，我都是禁不起誘惑的人。

○

進行入水訓練前，氣溈教練一定會要我們做一件事。在訓練中心的我們，彷彿巨大魚缸中渺小的魚兒，我們就是在布滿海綿墊的訓練中心裡，用盡全力掙扎的存在。愈高難度的動作，愈要在訓練中心裡做好練習，才能減少在實際比賽中的失誤。

「一！」

為了讓所有人認真看待跳水，我們一起大聲吶喊。

「我們要加強跳水技巧、我們要培養對跳水的思考能力、我們要壯大對跳水的熱情！」

「二！」

「我們要延續跳水的傳統、我們要從跳水中培育知識和技能，提升生命品質！」

所有人嘴巴自然張開，聲音愈來愈高亢。

「很好，三！」

「透過跳水訓練，我們超越傳統思考、創造新的想法、陶冶尊重他人和世界的性情！」

雖然不知道這幾句話是誰發明的，我們依然琅琅上口。乍聽之下，可能會認為孩子們在搞怪，但是仔細思考話中的意義，就會以為跳水是可以洞察、拯救人類的運動，而且久久無法擺脫這樣的想法。一想到正在做的，是人類歷史上無比重要的事，就讓我不禁內心澎湃。

「不要慢吞吞的，繼續做。開始！」

我們看著布滿海綿墊的訓練中心，在跳板後排起了隊伍。這時候，氣溼教練的眼神都會變得跟平常不一樣、異常嚴肅，因為要驗收這段時間所磨練的動作。就算是平常反覆練習的內容，我們依然緊張，因為不知道會跳出什麼成果。至少我知道的是，跳台高度愈來愈高，我的膽子卻愈來愈小。

向前跳水、向前翻騰、向內跳水、向外跳水、轉體跳水、臂立跳水……各種高超的動作一個接著一個，快到幾乎每秒都在變換。

輪到權在薰了，他準備嘗試臂立跳水的模樣，令所有人連連驚嘆。從跳台一躍而下的瞬間，他的肩膀肌肉用力鼓起，我能想像他有多麼拚命。

只有盡可能把身體拋向空中，才能游刃有餘的完成空中動作。這個動作並不簡單，或許是沒有撐好而使不上力，權在薰從跳台上落下時，很可惜重心偏了一些。他的身體傾向一側，落到海綿墊上。雖然他的目標是萬無一失，不過即使失誤，他也沒有絲毫猶豫。只是權在薰起身後，手裡緊抓著海綿墊、胡亂踢著地板。看來，這傢伙連情緒控制都很失敗。

「下一位，武源。」

『戰勝自我的挑戰！上啊——！』

我的個人儀式，是在心中呼喊這句永恆不變的口號，就好比某種咒語。就算落下的時候失敗了，至少一開始是充滿鬥志的。我要讓叫我「朴撲通」的氣溵教練碰一鼻子灰。當然，氣澌教練的鼻子已經很塌了，沒必要讓它變得更塌，不過如果真要這麼做，我希望由我來做。

具有彈性的跳板，比水泥做的堅硬跳台更敏感。我綳緊腳底的所有神經，移動腳下的步伐；深吸一口氣後，跑向跳板的盡頭。雖然腳下是海綿墊，不過絲毫無法減輕我的緊張感。

我選擇的動作是轉體跳水，動作是跳躍、轉體兩周，再翻騰兩周。我的身體輕得令人難以置信，腳下的跳板奮力將我的身體推向空中。這是後山訓練的成果嗎？一股渴望忽然衝上大腦，原先打算旋轉兩周的我，決定挑戰三周。但是就算下定決心，肌肉也不可能立刻反應，又不是機器人。

『一、二、三……』

已經數到三了。非轉三周不可的執念，讓我的第二周轉得七零八落、急著進到第三周，連帶第三周也變得歪七扭八。事實就是，一旦前面的動作失敗，後面的動作就會像骨牌一樣接連垮掉；當然，就連入水動作也會一塌糊塗。跳水是前後動作連貫的項目。

「喂，朴撲通！」

就算不抬頭，我也知道這聲怒吼來自何方。氣溨教練的咒罵聲震動著海綿墊。可以的話，我真想躲進深處。

「還不出來？」

我心不甘情不願的移動身體、緩緩起身，從海綿墊間探出頭來。一抬起頭，我立刻和權在薰對上眼。這傢伙不是會看別人訓練的人，怎麼會那樣看著我？我很清楚，他只會做完自己的動作、找出自己的缺點，再重複一次，根本沒空去仔細看別人的動作。

「你不用去看前輩訓練的樣子嗎？」

我曾經這樣問過權在薰，他用酷酷的態度回答我：

「看了又怎樣？看了就會是我的嗎？只要不是盧根尼斯[2]，我一律不看。」

雖然他的回答非常傲慢，但我就是欣賞權在薰這種天不怕地不怕的態度。大概是羨慕這傢伙的自信吧？同樣練跳水的我，雖然沒辦法百分之百理解跳水天才在想什麼，但是我相信，這傢伙的態度來自於絕對的自信，我甚至想為他加油。

「你在幹麼？」

嘲諷的口氣，權在薰注視我的眼神非比尋常。

「什麼幹麼？怎樣？」

還來不及聽權在薰的回答，氣潍教練已經揪住我的耳朵，我的耳朵差點要掉了。

「兩周失敗！連基本功都沒有的傢伙，怎麼有勇氣挑戰三周？還沒跟我商量？」

一定要好好回答才行，如果在這裡敗下陣，等待我的一定是體罰。我的腦袋快速運轉起來。

「覺得好玩才那樣的。」

雖然表現得很平靜，但可能是臨時變換動作，讓身體緊張起來，我的腋下和後背滿是汗水。

2 Greg Louganis，美國跳水選手，也是一九八〇年代最出類拔萃的選手，曾在一九八四年美國洛杉磯奧運同時獲得跳台跳水、跳板跳水雙金牌。

「好玩？」

如果「明明聽見了，還裝作不知道」是一種特技，那這就是氣滀教練的特技。氣滀教練更用力揪住我的耳朵，像是要我好好回答一樣。

「你不是說跳水的樂趣……是戰勝自我的挑戰嗎？」

我繃緊全身。因為太過用力，耳朵變得僵硬。氣滀教練默默放開我的耳朵、盯著我，接著緩緩開口。我有種地獄之門即將開啟的預感。

「以後去十公尺跳台。」

周圍爆出驚呼聲，我的嘴也溢出嘆息。不知道是哪個傢伙不了解我心情，還在開我玩笑：「喔！朴撲通，你升級了嗎？」

「是處罰嗎？」

我喃喃自語著，羅恩江戳了戳我的手，低聲說：

「不會吧，這怎麼會是處罰？」

如果是羅恩江說得那樣就好了。對主要練三公尺跳板項目的我而言，十公尺跳台是遙不可及的世界。雖然國中三年級就上過十公尺跳台，但是要適應並不容易。十公尺完全是另一個世界。

「每次從十公尺高跳下來，我都無法想像自己是怎麼掉下來的。」

爬上跳台之前，我就開始緊張了。這時，一個念頭忽然閃過：權在薰比我更早被視為十公尺的奪牌希望，問問他的建議或許會好一點。我戳了一下權在薰的腰。

「我一定要知道你是怎麼掉下來的嗎？」

真無情。儘管我知道他不是和氣或愛管閒事的人，但毫不留情說出帶刺話語，也不是權在薰的風格。一想到週末時被他已讀不回，我的心情盪到谷底。氣氛陷入尷尬，這種難以捉摸的詭異氣氛，令人眉頭緊皺。

「欸，朋友一場幹麼這樣？」

我克制怒氣，努力擺出笑容。然而，權在薰看也不看我一眼，說出了令我意想不到的真心話。

「朴武源，我們是競爭者。」

我一時無話可說。無論是在水裡還是在外面，我們總是獨自練習，但是從不認為自己是孤獨的。我們相信，即使只有一個人站在跳台上，加油的朋友也與我們同在。但是最要好的朋友，卻當著我的面說我是「競爭者」，這一刻真令人遺憾。其實不只是遺憾而已，我甚至覺得莫名其妙，忍不住發火。

「你這傢伙真的是……喂，權在薰，我們好好聊聊。」

權在薰的臉上沒有任何情緒，直接忽視我。他走過我身旁，將保護帶[3]綁在腰上。他沒有休息，咬緊牙關繼續練習空中動作，向前跳兩周半、三周半……身體不停旋轉，任誰都看得出他刻意在操練。

「腳尖用力！」

權在薰在彈跳床上蹬，身體飛向空中，並且使盡力氣旋轉。我在心裡默默計算旋轉周數。

『啊，真可怕……周數竟然比在十公尺上面多。』

訓練中心的景象，不停在我眼前循環。

○。○。。

跳水訓練中心的實際氣氛，和彈跳床訓練中心的氣氛明顯不同，前者給人更強烈的緊張感。明明記得入水動作沒什麼困難、耳朵也沒什麼問題，但卻感到嗡嗡作響，連帶整個人都精神恍惚。

「真的嗎？」

「不然還有假的嗎？」

氣識教練大吼，要我快點爬上去。我擰乾吸滿水的運動毛巾，水從手指間流出。我斜眼看向權在薰，這傢伙一如往常的面無表情。

「你們兩個，準備一起跳。」

氣識教練冷酷的話語猶如晴天霹靂。要主要練三公尺跳板項目的我，去練十公尺跳台，而且還要我準備正式和權在薰一起跳水。這下事情愈發不可收拾了。

「教練，為什麼忽然要我去跳十公尺……」

氣識教練似乎早有準備，在我還沒問完前，立刻滔滔不絕的回答：

「一起跳十公尺跳台，最重要的是合作、是彼此的呼吸。你和在薰認識這麼久，沒有人比你們更合適，還可以加強彼此不足的地方。更重要的是……嗯，韓國

3 保護帶通常與陸上板、彈跳床搭配使用，以幫助運動員完成空中難度動作和修飾動作之缺點。

很缺選手啊。不要問這麼多問題，跳就對了。我們很需要男子雙人。」

氣潌教練說得這麼直接，害我沒辦法說不要或辦不到。

「在薰，快告訴我怎麼跳。你不是十公尺的王牌嗎？」

我拋下自尊，誠心提出請求。在同儕當中，權在薰是十公尺跳台跳得最好的，也是奪牌希望。雖然最近有一些不看好十公尺跳台的聲音，不過無論如何，十公尺跳台是有一定難度的項目。換句話說，不是想跳就能跳的。

「你認真嗎？你真的想聽我的回答？」

這句話也太拐彎抹角。我倒是希望他像以前那樣對我說教，告訴我：「揮灑你的熱血、汗水和眼淚，靠自己的努力體會，才會變成你的實力。」這傢伙為什麼最近變得這麼敏感？但我毫無頭緒。他口中那些像麻花捲一樣拐彎抹角的話語，都牽動著我的神經。

經過我身旁的時候，他將運動毛巾丟到我的腳邊。啪噠一聲散開在磁磚地板上的毛巾，就像我和這傢伙的關係。是我想太多了嗎？

以前，權在薰爬上十公尺跳台的時候，我都會在他背後大喊「加油」；但是今天什麼話也說不出口。而那個抓準我喊加油的時間點、轉過頭來看我的權在薰，今天也不在了。那傢伙只是默默踩著階梯爬上去，而我只是遠遠注視著他赤裸的背。

「那傢伙在低潮啦，肯定錯不了。」

羅恩江一邊綁頭髮，一邊用眼神向我暗示。

「他哪會有低潮？跟改造人一樣跳得這麼好的傢伙。」

「到目前為止，權在薰從來沒有輸過你。但是在最近的練習賽中，他的入水動作、空中動作，有漸漸被你比下去的感覺。他在不爽了。」

真叫人意外。權在薰不但是自我管理最徹底的人，也是實力堅強，足以威脅同年級甚至是前輩的人。我們之前還開過玩笑，說：就算低潮向所有人襲來，都不會影響到權在薰。

「妳問過他嗎？」

「要問過才會知道嗎？我太了解他了。而且我經歷過低潮，知道是怎麼回事。在薰只是自尊心太強，故意假裝鎮定而已。明明嫉妒你，又不想認同你。」

「太荒謬了。是要我永遠當墊底的那個嗎？我可是用盡全力、努力奮鬥到現在……我還要繼續進步，而且誰能保證表現會一直那麼好？」

果然，親身經歷過的人才能體會。羅恩江望向頭上的跳台，我也跟著羅恩江向上看。跳台盡頭露出權在薰的腳尖。大概是受羅恩江的話影響，那傢伙的腳尖看起來顫巍巍的。

「怎麼辦？」

我不禁為他感到擔憂。我實在不知道這傢伙變得那麼敏感的原因。如果真的是因為低潮而改變對我的態度，我覺得有點小題大作了。

「試試看之前對我用過的方法吧。」

在別人眼中，也許我和這傢伙之間跟平常沒有兩樣；但是長久相處下來，我能敏銳的感受到，就連圍繞我們周圍的空氣也變了調。

「你找權在薰去賞花啊。」

羅恩江笑著說，但是我笑不出來。權在薰縱身一躍，向後跳水的預備動作非常完美。然而愈往下墜，他的轉體動作愈著急。

「No Splash（水花消失）！」

然而，他的入水動作一塌糊塗，和我期待的完全相反。啪，水花向周圍濺起。過了好一段時間，權在薰還是沒有從水裡出來。

「雖然不想承認，但那傢伙真的遇到困難了。」

羅恩江直直盯著水池，篤定的說。

「權在薰！」

氣溋教練大吼。我無暇多想，趕緊跳入水中。我游向那傢伙落下的地方，這時水面忽然冒出許多水泡，接著那傢伙才露出臉來。

「你沒事吧？」

我伸手想扶他。原以為他會靠向我，不過期待很快就落空——權在薰拒絕了我的幫助。

「別太超過了。」

他推開我打算扶他的雙手，把我當成了透明人。游過水池、離開水面的權在薰看起來如此陌生。池邊的羅恩江搖了搖頭；而不明就裡的氣溋教練吹響哨子，對我大吼：

「還不出來？朴撲通，還不快點出來？」

爬上十公尺跳台的腳步猶如千斤般沉重。我不禁好奇，青蛙也會有討厭水的時候嗎？

5 我們都勇敢的面對人生

除了四周傳來的鳥鳴聲，後山無比寧靜。太陽初升，清晨陽光灑落在樹枝間，羅恩江不禁張大嘴巴，連連感嘆。

「原來你在這裡偷練祕密武器啊？」

「才不是祕密武器，只是被抓來白費功夫而已。」

「欸，朴武源，雖然你說是被抓來的，但還不是要靠意志力跟雙腿才能來這個地方，不是嗎？我知道，你有多拚命偷偷鍛鍊。表面上嘻嘻哈哈，其實很努力在練習。」

如果我的家境富裕，早就去最高級的健身房、請私人教練來訓練了；而且要是爸爸對跳水沒有太大興趣，我也不用做這種特訓。只是各種無可奈何的情況恰好碰在一起，才會變成到後山做特訓。不但平日要被訓練折磨，週末也沒辦法安心休息，我的命運怎麼這麼悲慘？原本只是隨口抱怨幾句，但是跟在身後的羅恩江讓人更厭煩了。

「你真小氣，獨自來這麼好的地方？你應該找我一起來啊。」

「是啊。」

原本邀請的權在薰沒來，反倒是羅恩江跟來了。放假第一天，她傳訊息問我在幹麼，都怪我沒有多想，直接回她「後山」。

「在薰還是已讀不回嗎？」

原本愉快的氣氛瞬間變調，壓得人喘不過氣。我沒有回答，只是灌了幾口泉水，接著用紅色勺子舀起泉水，遞給羅恩江。羅恩江接連喝了幾口，忽然瞪大了眼睛，用大拇指比了個讚。

短短幾分鐘之間，天已經全亮了。原本寧靜的山間開始變得朝氣蓬勃，因為當地的耆老長輩都來到後山泉井。

「唉唷，是我們朴選手！自己來的，沒跟爸爸來嗎？咦，不是自己來的啊？和女朋友一起來嗎？」

冀蒼爺爺的想像力非常豐富。就算是初次見面的人，也會憑自己的想像編出一套劇本，猜對方走過什麼樣的人生，又為什麼會來到後山。旁人聽他的敘述，還會誤以為是真的，可見冀蒼爺爺的口才實在了不得。

「您好，我是武源的朋友羅恩江。」

「只是朋友？」

「是的，跳水的朋友。」

一聽見跳水，冀蒼爺爺的興致立刻來了。

「跳水的評分標準，要看選手的穩定性，還有高度、空中姿勢、入水姿勢、角度、水花大小等等。」

冀蒼爺爺像在念歌詞一樣，有節奏的念了一長串。羅恩江看起來有些訝異，她不是會被嚇到張嘴的人，沒想到竟然會張著嘴盯著冀蒼爺爺——明明是沒必要驚訝到失神的事情、明明是網路上隨便找都有的資料。不過在冀蒼爺爺說明結束後，羅恩江立刻鼓掌。

「哇，太厲害了。」

「哈，哪有啊。兩位選手才厲害。羅選手也會參加奧運嗎？」

「我嗎？我還需要多練習才行啦。我最近實力不足。」

大概是很滿意羅恩江的回答吧，冀蒼爺爺笑得合不攏嘴，肩膀也隨著「呵呵呵」的笑聲抖動著。面對冀蒼爺爺突如其來的笑聲，羅恩江起初有些驚慌，隨後也跟著笑了起來——是容易感染他人的笑聲。奇怪的是，冀蒼爺爺這一笑，圍觀的人也跟著笑了起來。

「小時候，我都會和朋友到穿過小鎮的那條河，脫光衣服在那裡玩。但是我太膽小了，爬到岩石上卻不敢跳下來。是說，這已經是戰爭之前的事了。」

第一次聽到這個故事的我，悄悄鬆開握著雙槓的手。原本說要揭開我後山訓練祕密、滿懷好奇跟我到這裡的羅恩江，也走到冀蒼爺爺身旁。她在泉井旁的涼亭裡找了個位置坐下來。

「爺爺，您打過仗嗎？」

「這是當然的啊。朴選手，我現在幾歲了？」

我沒問過他的年齡，當然不知道他幾歲，但是冀蒼爺爺卻訓了我一頓，說我竟然不知道他的年紀。不清楚狀況的人，會以為親孫子連自己親爺爺的年紀都不知道呢。羅恩江飛快在腦中計算過後，用手指告訴我冀蒼爺爺大概的年紀。明明發現羅恩江用手指比出了他的年紀，冀蒼爺爺卻輕輕咳了一聲，裝作沒看見。

「哇，爺爺，您看起來真的好年輕喔！如果您不說，我絕對猜不到您打過韓戰。真的！」1

「呵呵，是嗎？」

「當然嘍。是爺爺守護了這個國家，武源和我才可以安心練習跳水啊。」

這一刻，我才知道羅恩江為什麼那樣受到總教練、教練和其他長輩的喜愛了。訓練再怎麼辛苦，羅恩江也沒有抱怨或哭泣，而是選擇用笑容面對。她不會抱怨訓練辛苦，而是一個人默默受傷。也是，這樣的個性，難怪她會在訓練途中無故缺席。

冀蒼爺爺從包包裡掏出某個東西。這個包包和爺爺如影隨形，邊緣已經磨損，想必歷史非常悠久。冀蒼爺爺擔心裡面的東西掉出來，還用別針固定，破舊的外觀令人印象深刻。

「我很想幫朴選手轉開，不過還是你自己來吧。我的手其實不太方便，戰爭的時候留下了後遺症。」

他從包包裡拿出的，是兩瓶能量飲料。玻璃瓶摸起來冰冰涼涼的，我扭開瓶蓋、遞給羅恩江，又幫自己開了一瓶。我喝了一口，卻不小心嗆到。

「爺爺，您請喝。」

羅恩江把自己的那一瓶能量飲料又遞還給冀蒼爺爺。相比之下，一扭開能量飲料蓋子就送進嘴裡的我，顯得非常失禮。不過這麼一看，才發現冀蒼爺爺一年四季都穿長袖。冬天倒是沒什麼關係，但是炎熱的夏天穿長袖，看起來非常悶熱。而且就算滿身大汗，我也沒看過冀蒼爺爺挽起衣袖。

「就當我已經喝過了吧。我希望我們奧運選手喝完之後，繼續努力！」

「那也要爺爺先好好享用過，我們喝起來才覺得好喝呀。」

哇，羅恩江！了不起。但是冀蒼爺爺的固執也不是開玩笑的，最後羅恩江還是輸了。在各種競爭關係中從沒輸過的羅恩江，卻因為冀蒼爺爺拿下了一敗。不過，這次的失敗倒是讓人心服口服。

「我拯救國家真是拯救對了，現在才能見到我們朴選手和羅選手，為你們加油打氣。」

1 韓戰爆發於一九五〇年至一九五三年之間，由蘇聯扶持的朝鮮人民軍對抗美國扶持的大韓民國軍隊。戰後，約定以北緯三十八度線為休戰線。

冀蒼爺爺表情驕傲，和我們的關係又更親近了。他一臉心滿意足的看著羅恩江把飲料喝完，看著他的表情，我明白他是真心要稱呼我和羅恩江為「選手」。坦白說，到今天為止，我都以為爺爺叫我「朴選手」，只是在跟我開玩笑。

「如果那時候洛東江[2]被敵人攻破，就沒戲唱了。不論朴選手是要跳水還是要做別的事，都沒機會了。」

直到現在，我才知道冀蒼爺爺的祕密。聽到爺爺打過洛東江戰役，讓羅恩江不禁哽咽，猛的握住冀蒼爺爺的手。羅恩江和我不同，她對歷史很有興趣，哽咽的說眼前的爺爺，是見證洛東江慘烈戰役的活證人。冀蒼爺爺似乎也受眼前可以當自己孫女的羅恩江所感動，他挽起破舊的衣袖，讓眾人看清楚羅恩江抓著的那條手臂。

「啊……」

我真是笨蛋，竟然發出了最不該發出的聲音，那是最糟糕的反應。我親眼看見了冀蒼爺爺的祕密——是義肢。

「爺爺，這很痛吧？」

羅恩江輕輕撫摸冀蒼爺爺的義肢。然而，冀蒼爺爺卻笑得更開懷、更有活力——「呵！呵！呵！」但是在我聽來，那卻像是抽泣聲。我撇過頭去，盯著後方孤零零的包包上脫落的縫線，看得雙眼發直。

「幸好我那天死命戰鬥，現在才能認識這些優秀的跳水選手。」

冀蒼爺爺語調輕快如歌曲，但是今天聽起來，倒像是無比沉重且深沉的回聲。

我暗自決定，如果真的參加奧運、接受採訪，一定要感謝冀蒼爺爺送給我那瓶能量飲料。

○○○○○

下山路上，羅恩江不斷聊著冀蒼爺爺的事。她難掩興奮，說竟然遇到了參與歷史的人。她實在說了太多次「respect（欽佩）」，我數到一半就放棄了。

「爺爺叫我『羅選手』的時候，我的心臟撲通撲通跳。你沒有這樣的感覺嗎？」

「這個嘛……心臟隨時都在跳啊，不是嗎？」

坦白說我不知道。我本來就不是自願要來後山的，再說只是偶遇這位爺爺，他

2 位於韓國東南部，是韓國最大的河流，曾是韓戰期間美國與大韓民國軍隊最後一道防線。

卻尊稱我「朴選手」，總覺得他是在拿我開玩笑。

每當冀蒼爺爺對初次來泉井的其他長輩大吼：「欸欸，那個雙槓是朴選手專用的。朴選手來的話，一定要讓他先用。」我都想躲進地洞裡。唯一令我感動的時刻，是結束重訓要下山前，跟冀蒼爺爺打招呼的時候——他會拍幾下我的肩膀，對我說「辛苦了」。我今天重新體會到了那個動作的意義。

「爺爺說『我們也勇敢的面對人生』的時候，我都要哭了。」

我作夢也沒想到，冀蒼爺爺口才這麼好。聽完洛東江戰役的故事，羅恩江非常傾慕冀蒼爺爺的勇氣，還為他的偉大而鼓掌。雖然我在雙槓上練習倒立，假裝沒在聽的樣子，但是一想到冀蒼爺爺年輕時賭上性命參戰，不禁全身起雞皮疙瘩。我無法想像真正面對戰爭是什麼情況，世界應該天翻地覆了吧。那是超乎我想像的勇氣，但冀蒼爺爺只是豪氣的大笑，一副沒什麼的樣子。

「沒什麼了不起的，我們都很有勇氣。要活在這個世界上，就一定要有勇氣。每個人的外表都不一樣，適合每個人的勇氣也不一樣。」

我所認識的冀蒼爺爺，似乎完全變成了另一個人。他口中「生命的勇氣」是什麼呢？我需要花時間來好好思考。

「朴武源，我覺得自己好像稍微練出祕密武器了。」

羅恩江的話變多了。仔細一看，腳步好像也變輕盈了。下山途中，她好幾次雀躍的蹦蹦跳跳。

「祕密武器？沒這麼簡單。」

「那還有什麼？」

羅恩江瞪大了眼睛，直直盯著我，看得我臉頰發燙。我動了動頭，示意她跟過來。當然不能錯過奇蹟便利商店！

「來補充營養？」

「後山訓練完的小確幸。」

走進便利商店，我一度懷疑自己的眼睛——竟然是喵喵在門口櫃檯迎接我們。喵喵的叫聲依然又細又長，但比當初發現牠的時候更大聲。牠看起來胖多了，毛髮也更有光澤。

「咪嗚——」

「歡迎光……臨。」

看見是我，具本熹故意要打不打招呼，結果看到我身後的羅恩江時，還是喊完了整句。

「那隻貓是這樣混口飯吃的喔？」

「不然你以為我會免費給牠飼料和點心嗎？」

我們的對話讓羅恩江有些不知所措，看得出來她正在天人交戰，不知道什麼時候該插話。

「貓咪好可愛喔。喵。」

聽見羅恩江的話，具本熹直接笑了出來。大概是覺得丟臉吧，羅恩江踩了我一腳。

「武源穿拖鞋，應該很痛吧。咦？這位客人也沒穿布鞋。」

我懷疑具本熹的前後、肚子，甚至是後腦杓都有眼睛，不用看也知道發生了什麼事。

「這隻貓是我們便利商店的吉祥物。如果覺得牠可愛，請在店裡多買一些東西就可以了。」

是我一時疏忽了，我應該把喵喵介紹到更舒適的環境，交給包容心更強、更有人情味的鏟屎官才對。我竟然把喵喵交給被資本主義控制的具本熹，該怪誰呢？

聽到具本熹說，如果覺得貓可愛，就買店裡最貴的東西，羅恩江笑說實在太有趣。也許是欣賞羅恩江真誠的反應，具本熹開始積極和羅恩江說我的壞話。一下子問怎麼認識我的，一下子問練跳水的人是不是都穿拖鞋，諸如此類的問題源源不絕。

我把手指輕輕貼在喵喵的鼻子前。喵喵小心翼翼聞了聞我的手指後，用額頭在我手上磨蹭——看來還記得我，真令人感動。我忙著訓練，一度把這隻小可愛忘得一乾二淨。

「那個壞蛋工讀生具小姐，連你的制服費都收嗎？是的話就喵一聲。」

喵喵沒有回答，只是抬起頭來，和我對看。圓溜溜的眼珠閃爍著光芒，充滿了信任。

『你已經成為奇蹟便利商店裡的奇蹟貓咪啦。』

喵喵身上穿著和具本熹一模一樣的紫色背心——不知道是從哪裡買來的，衣服上甚至還有名牌——加上脖子上的黃色圍巾，整體造型就跟正職員工一樣，非常完美。更有趣的是，當具本熹去倉庫或整理貨架上的商品時，喵喵就會正經的坐在櫃檯上，直直盯著門口，善盡職責。

「朴武源，練習完要吃什麼？」

羅恩江站在巧克力區猶豫不決，手裡緊緊握著杏仁巧克力。也許是需要調整體重，讓她拿不定主意吧。從倉庫走出來的具本熹，把便當和草莓牛奶放到我們面前。

「哇啊，姐姐，烤牛肉便當是我的最愛吔！」

真奇怪，羅恩江的最愛不是「長青屋」的辣炒年糕嗎？我沒聽她說過最喜歡烤牛肉。具本熹對我露出耐人尋味的微笑，讓人心裡發寒。

「恩江真是武源的好朋友吔。」

「妳特地拿最貴的來對吧？烤牛肉……這是韓牛嗎？」

面對我追問的口氣，具本熹的回答很「奇蹟」。

「今天我請客。不是馬上要選拔賽了？一定要拿第一喔。以後繼續晉級，橫掃全國大賽，去奧運拿獎金！」

喵喵叫了一聲，但是聽起來像是在嘲笑我。我伸出手，想不到喵喵竟然用頭碰了一下我的手掌——這是要我加油的意思嗎？

「姐姐，我吃了這份免費的便當……也要拿獎金嗎？」

具本熹把草莓牛奶送到羅恩江面前，還特地插上了吸管。

「妳和武源不一樣，反應很快喔。當然啦，我的字典裡沒有免費兩個字。」

面對具本熹的胡說八道，羅恩江竟然還點頭？羅恩江不是這麼容易被牽著鼻子走的人啊……

「吃完快走吧。我還在上班，繼續聊天的話，我的良心會扣我薪水的。」

具本熹真的很有原則。她堅持賺錢很重要，所以也嚴格遵守上班時間。以前我總說她不知好歹，又不是自己開的店，適可而止就好，卻被她痛罵了好一陣子，聽到耳朵都要長繭。多虧了具本熹，我把這個世界上的所有髒話都聽了一遍。而且當她說我「腦袋壞掉」的時候，最讓我震驚。具本熹說，不管店是誰的，只要接下這個工作，就是這個工作的主人，必須盡全力做好。聽到這句話，我瞬間啞口無言。我說錯了一句話，感覺自己成了大騙子。

我站在角落的立桌前、望向窗外。羅恩江掀開烤牛肉便當的蓋子，悄悄對我說：

「朴武源，那個姐姐也跟冀蒼爺爺一樣，過著很勇敢的人生，對吧？姐姐真的太帥了。」

不知怎麼，我忽然懶得回答，盡可能夾起大口大口的飯送進嘴裡。玄米飯的美妙滋味豐富了我的靈魂，我夾起一片烤牛肉，暗自下定決心。

『我也要勇敢面對跳水，帥氣的跳水。』

拖鞋前緣露出的大拇指莫名發癢。

○ ○ ○

一整天重複跳水、踢水、游出水面，再跳水、踢水，讓我覺得大腦似乎一點也不必要。如果反覆練習同樣的動作到無暇思考害怕或疲累，那麼能記住所有跳水技巧的肌肉，似乎比會用來思考的大腦更有用處。

「暫停！」

總教練一揮手，氣濊教練立刻叫停。儘管已經事前通知過了，選拔賽還是讓所有人繃緊神經，每天爬上跳台再往下跳，反覆數十次。即使如此，我依然常常感到不安、恐懼。因為有的時候表現無懈可擊，有的時候卻糟糕得讓人跌破眼鏡。就連腳趾離開跳台的瞬間，我也不知道自己能做到多好。這個一．八秒內決定成敗的比賽，如果不是心臟很強大的人，大概沒辦法參加。我明明是個膽小鬼，為什麼會從事這個運動項目……真可笑。

「今天的選拔賽，要選出進全國大賽的最終名單和項目。所有人拿出最好的表現。」

大家都想拿出最好的表現吧？選拔賽即將開始，氣濊教練大概也很緊張？畢竟他平常不怎麼說這些鼓勵的話。

我把手放進箱子裡，抽籤決定跳水順序，但是我的手在發抖，抓到的籤又掉了下去。一開始抓到的那張籤，順序會不會更好呢？真叫人擔心。

「照順序排好！」

所有人開始列隊，權在薰站在我前面。以前我都排在權在薰前面，這次卻相反。

「上週末和羅恩江一起去了後山……我也傳了訊息給你，為什麼每次都已讀不回？」

權在薰悶不吭聲，看起來有些煩躁。我也很想體諒他，但是他最近的行為讓人感到陌生——什麼話都不說，只會把別人當透明人。這種被漠視的感覺，讓我怒火中燒。

「欸！現在還當作沒看見？你幹麼這樣？」

權在薰最終還是沒有回應。既沒有眼神交會，也沒有任何回答。比賽前不該有任何情緒的，我被這傢伙害慘了。這時，權在薰正要從我身旁經過，我抓住了他的手臂。

「放開。」

這傢伙雖然只回了兩個字，但是冷冷的聲音中隱含了各種訊息：「放開，你想毀了別人的比賽嗎？」「放開，這場比賽跟你沒關係吧？」「放開，我只想把你比下去，拿下優勝。」我不知道哪一個才是正確答案，不過無論如何，沒有一個回答會讓我開心。

叫到權在薰的名字了。從小，說到跳水界的明日之星、同儕中最有機會站上奧運舞台的人，大家第一個想到的一定是權在薰。這傢伙總是最先受到矚目，也是我們這群選手中，第一個跳十公尺跳台的人。我抬頭望著爬上跳台階梯的權在薰，握緊雙拳。

『每次都是你第一名，這次我一定要拿第一。』

也就是說，我決定不再跟他當朋友，以後就是競爭者的關係。那傢伙的身影出現在跳台上，表情嚴肅的站在跳台盡頭。圍觀的人全都屏息以待，偌大的跳水場一片寂靜。秒數計時器飛速運轉，但那傢伙卻只是站在原地，連預備動作也沒有。是不是出了什麼問題？我有種不祥的預感。

『你瘋了嗎？出發動作是最基本的，還不趕快開始！』

權在薰採用臂立姿勢，抓穩重心後，在跳台盡頭搖搖晃晃的撐起身體。在那麼高的地方用雙手撐住世界的感覺，大概非常孤單吧。因為在後山的雙槓上一個人倒立時，我也覺得非常孤單。

『跳吧！一、二、三……』

權在薰推跳台的力量稍嫌不足。不過權在薰就是權在薰，他的空中轉體動作流暢優美、無懈可擊，接著是入水動作，No Splash（水花消失）……

「哎呀！真可惜，向後倒了。應該會扣很多分吧。」

圍觀的前輩竊竊私語。氣溢教練大吼：「要看就安靜！」大概是感到惋惜吧，畢竟是最有信心的王牌。

換下一位了。我握緊拳頭，爬上十公尺跳台。這一刻，我的目標是「Rip entry（無水花入水）」。我要不留痕跡的穿透水面、進入水裡。

6 站上跳台的那一刻，比賽就開始了

「準備雙人跳水。」

總教練的一句話，讓我的人生天翻地覆。上一次，氣澁教練是為了處罰我和權在薰，才叫我們一起跳；如今總教練的這句話，嚴重程度完全不同。

不只我，旁觀的人都對選拔賽結果感到訝異——我的成績超過了王牌權在薰。跳完當下，我看著電子計分板上的結果，一時摸不著頭緒，還以為那是每次睡前無數次「意象訓練」(Image Training)[1]的結果。但是，過去的我光靠「想像跳水技巧」，在實際練習時都會失敗，沒想到選拔賽這天竟然成功了。

我無從得知這是什麼樣的作戰策略，只是單方面被總教練告知，要我和權在薰

1 運動員常用的訓練環節，會在腦海中演練實際的訓練動作，幫助運動員在實際動作時做好準備。

一起，在全國大賽之前把雙人跳水練好。我連問：「為什麼？」「怎麼會變成一起跳了？」的機會都沒有。就算問了，總教練也不是會親切回答的人。

在總教練的決定下，我和權在薰編入同組。我只能接受跳「男子雙人十公尺跳台」的命運，不能有任何怨言。氣溡教練看到一臉迷茫的我，對我說了一句意義不明的話——不知道是安慰，還是要我猜謎。

「你們會有更遠大的未來。相信吧，相信你們自己。」

這種話只有教科書上的偉人才說得出來。男子雙人十公尺跳台絕對不是一句要我跳，我就能跳得好的運動項目。這需要兩個人合而為一，從十公尺上跳下來，是一門藝術。

我的跳水能力，從沒達到可稱為藝術的程度。每當我學習新的技巧，總要耗費大量精力，經過無數次錯誤、失敗和起伏，才能勉強鍛鍊好。挑戰成功的時候當然是欣喜若狂，但是隔天可能又會回到原點，讓人意志消沉。沒有別的辦法，我只能一而再，再而三練習，讓身體的肌肉適應這個技巧。

從跳台往空中跳的時候，連控制呼吸都很困難，身體不像練習的那樣，按照大腦的規劃活動，所以我很害怕把身體拋向令人暈眩的高空中。在進入跳水動作前，光是出發動作就是一大考驗。

「為什麼一定要一起跳？這個決定太突然了吧，唉……」

聽見我的疑問，氣濊教練皺起眉頭。

「你問的是什麼問題？還有誰像你和權在薰一樣，呼吸和動作可以配合得那麼好？你們一定會成為團隊合作的活歷史。」

我真想問氣濊教練，如果知道我們兩個目前的狀態，還能說出這樣不切實際的夢想嗎？

當初，我站上搖搖晃晃的跳板、無法控制雙腿的力量、恐懼籠罩全身的時候，教我如何克服恐懼的人，不是氣濊教練，也不是其他前輩，正是權在薰。在我走向跳台的時候，這個不擅言詞的傢伙假裝不經意從我身邊經過，一邊喃喃自語。我聽得非常清楚，且任誰聽起來，那都是一句建議。

「出發動作是最基本的，抬頭挺胸，那樣就可以了。」

我跳水生涯的第一步，就是這樣完成的。那傢伙不但是我的朋友，也是我的模範。當我第一次站上十公尺跳台，緊張得手足無措的時候，他鎮定的對我說：

「記得看遠方。你的練習已經很足夠了。把身體拋向空中，其實跟跳板差不多。」

權在薰的態度，就像看透世間一切道理的人。我看不慣他的態度，故意問奇怪的問題：

「你就不怕嗎？不覺得恐怖嗎？」

平常不太開玩笑的權在薰，把吸飽水的運動毛巾放到我頭頂上，接著用力一壓，水流了我滿面。

「有什麼好怕的？又不會死。」

這個回答太帥了。不過口氣太直白，顯得有些無情。但是他接下來的說明，又讓我心頭一緊。

「適應之後，只是比較不害怕而已。世界上哪有不恐怖的跳水。」

這句話說得沒錯，一而再，再而三練習，就是為了適應、為了更熟悉跳水。從游泳項目轉到跳水項目，我經歷了各種困難，也曾經因為太難過而寫日記。那是一本偽裝成訓練日誌的日記，每一天，我都將各種抱怨寫進裡頭。即使如此，如今只記得其中一句話。

『如果沒有信心一天跳一百五十次以上，那會怎麼樣呢？』

一天跳一百次已經不容易了。「既然起步比別人晚，一天一百次肯定不夠，至少要跳一百五十次以上才行吧。」氣濈教練這句半開玩笑的自言自語，讓我連續幾個月坐立不安。確實，我起步比別人晚，又平凡無奇，當然需要付出兩倍以上的努力。

權在薰總是靜靜爬上跳台，再靜靜跳下來，就像機器人一樣。所以一些人喜歡在背後說他「看了就煩」、「有夠反感」，但坦白說只是嫉妒而已——那是面對自己無法超越的實力，所產生的憎恨和嫉妒。

高度愈高，恐懼感和成就感就愈大。每次結束空中動作入水的時候，手臂末端傳來的戰慄令人難以抗拒，我也在不斷的挑戰中，活出完整的自我。要在生命中找到「失敗了也很高興」的事情並不容易，這麼看來，我的人生算是成功了；再說，還是跟權在薰一起跳，跟這個有意無意走到我面前、告訴我跳水祕訣的人搭檔，實在令人激動。

「你們比較熟，應該很快就會適應了。要不要跳一次看看？」

說著，氣溯教練就把那傢伙和我推到跳台上。我看著那傢伙爬上樓梯的背影。

『是習慣嗎？』

權在薰把左肩向後推，過了一會又稍微挪動左肩，動作非比尋常。

「欸，權在薰，你肩膀不舒服嗎？」

「別管我。」

「怎麼這樣說話……」

沉著一點比較好。還沒站上跳台，還有時間平復情緒，如果心不甘情不願的跳下去，很有可能會毀了第一次雙人跳水。我深吸一口氣，緩和慌亂的心跳。

終於抵達跳台。和權在薰一起上來這個總是獨自站立的地方，反而讓人更不知所措。我受不了這個尷尬的氣氛，只好找些話說。

「啊，好想吃辣炒年糕。訓練結束後去長青屋最棒了。」

「欸，朴武源。站在這裡的那一刻起，比賽就開始了。」

權在薰毫不留情的指責。雖然我滿腔怒火，但是他說得也沒錯，我只能氣得咬牙。他無視口令，逕自走向跳台盡頭。權在薰先墊起腳尖，我才跟著他的節奏向前走。氣溮教練對我們的期待，是從出發動作到跳躍都要合而為一。右腳、左腳、右腳……我們站在跳台盡頭，嘗試向後跳水。

「三，跳！」

我還在調整呼吸，這傢伙卻忽然大喊，我只好慌慌張張跳起來。但是，腳尖蹬的力氣不夠，跳是跳起來了，卻分了心，兩個人跳起來的高度完全不同。完蛋了。

撲通！一露出水面，權在薰的髒話直衝我的耳朵。

「幹！就叫你要動作一致！你在開玩笑嗎？」

權在薰忽然暴怒，讓我不知所措。這完全不是他平時的模樣，我甚至懷疑他是不是被鬼附身了。我們雖然同組，但依舊是兩個人，而且今天是第一次配合彼此的節奏。再說了，這種情況下又該怪誰啊！

我的怒氣衝到腦門。

「你是在怪我嗎？你就很了不起嘍？」

「……」

我必須抓準時機乘勝追擊，氣勢要壓過權在薰才行。這傢伙對自己的技巧總是自信心過盛，照理來說應該會盛氣凌人的反擊我；結果，他只是怒氣沖沖的看著我，隨後轉身離開。

「靠！我才要不爽離開吧。」

在跳水池中大罵髒話，讓我的嘴裡滿是消毒水的味道，感覺真噁心。

○
○
○
○
○

一發現我手裡沒有肉泥，喵喵毫不猶豫的轉身離開，跟權在薰一樣無情。牠竟然這樣對待救命恩人……真討厭。我擺好姿勢，正要彈喵喵的額頭時，卻被具本熹逮個正著。

「你在幹麼？」

「看牠不爽。喵喵的救命恩人是誰？多虧我，牠才能在這裡找到工作。看到我沒有肉泥，立刻翻臉不認人？太難過了。」

我對權在薰感到失望的情緒，全都轉嫁在喵喵身上。連我都覺得自己的行為實在太幼稚、對自己無可奈何。正當我在心裡痛罵自己是「沒用的傢伙」時，具本熹將草莓牛奶遞到我面前。

「朴武源，看來你今天心情很糟喔。」

感謝具本熹，一眼就看出我當下的心情。如果不說，連爸媽都不知道我在想什麼，但是沒有任何血緣關係的具本熹，卻連這種事都一清二楚。該不會……具本熹會算命吧？

「朴武源充滿活力的時候，通常會拿烤牛肉便當，沒有一次例外。但是今天朴武源竟然沒拿烤牛肉便當？那就代表一定有事。現實生活中，會讓朴武源沒胃口的事又沒多少。」

唉，具本熹這位大姐真可怕。她把烤牛肉便當塞到我懷裡，雖然便當已經不熱了，但抱在懷裡，還是有種獲得了安慰的感覺。

我一年三百六十五天都穿拖鞋，從來不覺得腳底冷，但是來便利商店的路上，腳底卻冷得幾乎凍僵。

權在薰看我的眼神很陌生，是我無法理解，也未曾見過，甚至讀不懂的眼神。難道正如羅恩江所說，那傢伙陷入低潮了嗎？如果是那樣，為什麼不告訴身為朋友的我？我不能隨便揣測，我又不是權在薰，也不像他一樣是明日之星，更不是受到眾人羨慕的選手。

大概是看我可憐、知道我不是明日之星，所以喵喵過來舔我露出在外的腳趾。我腳趾一用力，嚇到了牠。喵喵靜靜的盯著我的腳趾，當我以為牠打算放棄離開時，不料牠卻用小小的前腳按住了我，重新舔了起來。

「是誰啊？誰惹到我們家奧運英雄？千萬不要氣餒，你前面還有我呢。」

明明是令人感動的話，但好像哪裡怪怪的。

「不是應該說『背後有妳在』嗎？」

具本熹咂了咂嘴。原本逐漸平復的情緒又盪回谷底。

「就算是鬧彆扭，也要好好說話。我怎麼可能在你背後啊？我是喜歡站在前面的人吔。而且我的年紀比你還大，當然要站在前面，幫你抵擋風風雨雨，這才是做人的道理啊。」

這個邏輯真令人吃驚。具本熹站在我前面的形象，已經烙印在腦袋裡。往後所遭遇的世界，也沒什麼好怕的了。

我大吐苦水，說起第一次和權在薰搭檔的練習。具本熹不知道權在薰是誰，也沒有興趣知道，只是認真聽我說話，一邊發出「嗯哼」的應答。不過我沒有告訴她那傢伙衝著我罵「幹」的事情。我相信那傢伙的本意並非如此，而且聽到我被罵，以具本熹的個性來說根本不會安慰我，肯定會笑我是白痴。

我正要掀開烤牛肉便當的蓋子，具本熹把筷子遞給我。

「熟練是最可怕的。熟練就會犯錯，一不小心就毀了。」

聽到「毀了」這兩個字，我眼前一黑，像是在預告權在薰和我的未來已經完蛋。

「一不小心就毀了？連重新考慮的機會都沒有，直接完蛋？」

沒想到我會對「毀了」兩個字感到如此深的絕望！人際關係也可以那樣說結束就結束嗎？我的手不自覺的用力，筷子瞬間折斷。喵喵叫了一聲，像是在警告我，小小的貓掌踩了一腳拖鞋，就逃跑了——雖說是逃跑，也只是躲到櫃檯後面而已。

「只要不放棄，就不會毀掉。所以朴武源你打算怎麼辦？是要放棄嗎？還是繼續？」

「腳底要更敏感一些。」起初聽到這句話的時候，我覺得莫名其妙，作夢也沒想過我會去探尋腳底的穴位、用按摩球按摩。但是不知從何時開始，每天晚上睡覺前，我竟然會坐在床上滾按摩球。腳底愈敏感，愈能清楚感受到跳台；而感受愈清楚，就愈能將自己推離跳台，得到衝向空中的力量。告訴我這些道理的，不是別人，正是權在薰。

那傢伙教會我許多事情，這次輪到我了。髒話有什麼了不起，想說幾次就說幾次吧！聽說髒話聽多了，可以活比較久，看來我注定可以長命百歲。在接下來漫長的人生中，我希望自己是那傢伙的最佳拍檔，也是最好的朋友。我一定要找回權在薰。

○ ○ ○ ○ ○

我們家開派對了。而且桌上擺的還是高檔的五花肉，不是普通的三層肉，看來是要辦派對沒錯。有什麼喜事嗎？我想了想，腦中還是沒有出現合適的人選。

「這是什麼？」

「五花肉，洗完手過來坐。」

媽媽忙著洗生菜和芝麻葉，我還記得她抱怨蔬菜貴得跟黃金一樣。菜價上漲擔心、菜價下跌也擔心，糖和麵粉價格上漲的時候又要擔心一次。回顧媽媽的一生，就是總和了大大小小的擔心。

曾有一次，我從別的地方聽到「時常擔心容易得癌症」的說法，回家看見媽媽又在煩惱，立刻放聲大哭。那應該是國小一年級的時候吧。我以為媽媽說出「擔心」兩字的瞬間，就會立刻得癌症，哭得唏哩嘩啦。時過境遷，媽媽依然把擔心掛在嘴上，不過我努力不讓自己的問題加重媽媽的擔心清單。話雖如此，但我不記得有沒有問過媽媽，是否擔心過我的問題，所以沒辦法知道媽媽真正的想法。

爸爸走出房間、坐在餐桌前。他今天很早下班。爸爸在市郊經營一間小型盒子工廠，對他而言，在工作和生活間取得平衡是奢侈的。爸爸的日常生活，是天亮前就出門，直到月亮升起才回家。披星戴月出門，再披星戴月回家，從這點來看，我和爸爸過著類似的生活。爸爸在工廠的盒子間來回穿梭，我則圍繞著跳水打轉，就像寵物鼠在滾輪上奔跑。

「盒子工廠，我收掉了。」

「咳咳。」

我本來要問：「什麼？」卻被嗆到。不過爸爸大概理解我的想法，一邊遞水杯給我，一邊露出淺淺的微笑，不過表情很古怪——像是要笑，又像是要哭，也像是準備要笑，但卻打消了念頭。

收掉做了一段時間的工作，可以這麼雲淡風輕用幾個字交代嗎？而且家計可能不如從前了，還能這麼開心開派對嗎？換言之，我們家處於失衡的狀態。爸爸一整年都在UP，而媽媽則接近DOWN，就像在谷底和爸爸平行前進。

「那……我們該怎麼辦？」

媽媽把烤得酥脆的五花肉推到我這邊，語氣平淡的說明目前的情況。我的心也像酥脆的烤五花肉般碎了一地。

「就這樣過啊。」

「蛤，我們家已經完蛋了欸？」

聽到我說「完蛋了」，爸媽同時轉過來盯著我，看得我全身不舒服。也許是不想跟我計較吧，爸爸夾了兩片烤得油滋滋的五花肉放到我的碗裡，並用力壓緊。

「收掉工廠就跟收拾紙盒一樣，和倒閉是不一樣的。所以武源你就照原本的計畫繼續練習跳水、你媽一樣處理家事，我再去打聽有沒有別的工作。」

每次聽爸爸說話，總覺得人世間沒什麼大不了的，甚至會相信只要還有一口氣在，人生就會自然而然走下去。沒想到我也被帶偏了，眼前不再是漆黑一片，我的人生像是發爐一樣好運旺旺。

「家裡都這樣了，我怎麼可能安心運動？」

大概是我忽然問出「該怎麼辦」，讓氣氛有些尷尬。媽媽把肉盤推到爸爸那邊。

「誰叫你安心運動的？現在開始，你最好繃緊神經運動。」

在我正式投入運動項目後，媽媽從來不干涉我，也不會指使我做什麼。但是這一次，媽媽卻用不帶感情的聲音，叫我繃緊神經運動。我還以為我的耳朵出了問題。

「你神經太大條了。你爸退掉健身房教練、帶你去後山的時候，就應該看出來了吧？」

這句話刺中了我的心。

「老婆。」

爸爸念了媽媽一聲，不過媽媽毫不理睬，逕自用生菜包肉，爸爸只好尷尬一笑。爸爸眼角的魚尾紋，讓我想起摺好的箱子層層疊起，我忽然莫名的哽咽起來。

「沒什麼好擔心的，後山訓練繼續進行……照原本的計畫走就好。」

我找不到什麼可以反問，只能讓眼睛轉來轉去。當我看向籃子裡的芝麻葉，視線沿著葉脈移動時，爸爸忽然下定決心。

「兒子是復興我們家的希望。你要在全國大賽拿到好成績、當上國家代表隊、把太極旗別在胸前，挺進奧運。這樣我們家才有生存的希望。這跟拯救國家沒兩樣，聽起來就像突然把「拯救即將毀滅的世界」這項任務放到我肩上。飯才吃到一半，我卻沒了胃口。我緩緩轉動手腕，如果說我不在意動不動就出狀況的手腕，是騙人的。

「就算手腕碎了，也要努力練習。現在只能那樣做了。」

媽媽變了。以後可能不會有機會聽到媽媽說「天啊，怎麼會這樣」了，這讓我覺得有些失落。大概是看出了我的想法，爸爸把蘸滿調味料的五花肉塞進我的嘴裡。好鹹。

○○○○○

付費玩彈跳床是最有趣的。自從可以免費跳彈跳床之後，幼年時的歡樂便消失無蹤。

彈跳床訓練非常辛苦。就算在腦海中演練了數十次，實際開始空中動作時，身體卻沒辦法照我所想的活動。總教練到底在想什麼，為什麼會把我和權在薰分在同組，真敬佩他能想出這種創意組合。尤其是前幾天看過我們兩個的動作後，總教練還說我們可以在跳水界名留青史。

「你們這些傢伙！我說你們的身體要跟麻花捲一樣合而為一。連那樣都做不到嗎？」

一想到兩個男生要變成總教練所說的，手牽著手、雙腿黏在一起，整個身體扭成一團的詭異模樣，底下的人紛紛強忍爆笑。用麻花捲來比喻已經很莫名其妙了，怎麼會說「麻花捲＝合而為一」呢？麻花捲本來就是同一塊麵團不是嗎？

權在薰滿臉通紅。打從我認識這傢伙以來，就不曾看過他臉如此紅。想也知道，對我來說可以一笑置之；但權在薰似乎把麻花捲當成是屈辱的象徵，畢竟這傢伙的綽號從「王牌」，一下子變成了「麻花捲情侶檔」。

「數到三就要跳，最重要的是配合口令和呼吸。」

氣溮教練比出要我們再跳一次的手勢，這下離不開訓練中心了。我和權在薰站在一起，一邊調整呼吸，一邊旋轉手臂，想讓左肩放鬆。

「你開心嗎？」

「蛤？」

「我說這個情況你開心嗎？」

我似乎可以理解，為什麼這傢伙要拐彎抹角的問問題，同時也印證了我原本的猜測——雖然我們兩個是朋友，但這傢伙一直沒把我放在眼裡，所以才沒辦法接受要和我一起雙人跳水的現實吧！

「權在薰，你不開心嗎？」

我希望他回答「沒有」。那不僅僅是我的期待，如果我們是朋友的話，就算心裡想得不一樣，至少禮貌上也應該那樣回答。

「嗯，不開心。」

沒必要再聽下去了。我們不顧氣氛教練的吩咐，按照各自的節奏動作。

『你這傢伙，我一定要跳出比你高的成績！』

我們自然是跳不出完美的動作，一開始就毀了。從丹田熊熊升起的怒火，撕裂了本該是同一個團隊的我們。不是我先跳，就是權在薰更快入水，甚至連空中動作的轉體周數也不同。權在薰急著做轉體動作，而我慢了四分之一拍。這傢伙很明顯想用速度把我比下去。

「重來！」

氣溘教練默默看著我們的入水訓練。我們把身體摔進海綿墊裡，幾乎超過五十次了吧？我的腦袋嗡嗡作響，彷彿陷入失重狀態。而氣溘教練只是機械般的下達指令。

「上去，一起。你們這些傢伙，真是搞不清楚狀況。」

休息時間在練習中度過。要跳男子雙人的兩個人，不但不能配合，還互相較勁，結果自然慘不忍睹。我們實在無可救藥，總教練和氣溘教練到底是根據什麼，才把我們排在同組？真讓人無言。

前往跳水池的路上，我決定向權在薰坦白一直隱忍的真心話。我加快腳步，上前抓住權在薰。也許是有人整理了體育館四周茂盛的雜草，空氣中瀰漫著青草的氣味。

「我們聊聊。」

權在薰甚至不肯和我對視，擺明了想無視我。他直接從我身旁走過，但這個舉動卻讓我頓時暴怒。我用力抓住那傢伙的手臂，用力到青筋都爆出來。

「不管你開不開心，這個項目就是要一起跳。你不想跟我合作嗎？」

權在薰轉過身來，緩緩看向抓住他手臂的手和我的臉。他的目光冷峻，讓人起雞皮疙瘩，而這傢伙嘴裡吐出的話，也足以讓我石化。

「我們做的是個人比賽，贏了也是一個人的事。」

我討厭他話中的「一個人」，我從沒想過我是一個人，一次也沒有。朋友們對我的呼喊，總是伴隨著我爬上跳台。

「朴撲通！加油啦！」

前有嘲笑的綽號，後有打氣的鼓勵。為了幫我打氣的句子由這六個字組成，雖然前後邏輯不通，不過聽到的當下，心臟總像奶油一樣變得柔軟絲滑，讓臉上泛起笑容，丹田似乎重新獲得了力量，讓我非常喜歡。但權在薰好像不這麼認為。

「你不是常常幫我加油嗎？你不是那麼壞的人吧。」

那傢伙嘴角揚起。儘管他的嘴彎成弧線，眼神卻極其冰冷。冷峻的目光讓人起雞皮疙瘩，我甚至搞不清楚，他真的是我認識的權在薰嗎？

「那是你沒資格當我競爭對手時；現在，別人把你和我視為同一個等級……我覺得非常不爽。」

我的心碎了一地。原來這傢伙是那樣看我的啊，把我看作是低自己一等、不會對自己構成威脅的人。所以替我加油、給我安慰，都沒關係，我只是不起眼的角色。換言之，他從沒把我當朋友。

雖然我們經歷過許多競爭，好不容易走到今天是事實，但是在如此殘忍的競爭中，我們依然為彼此打氣、互相扶持、一起撐過訓練，各自用不同的速度前進。然而，那些青春熱血的時間和歲月，對權在薰來說毫無意義。

「朴武源，自從你挑戰三周半成功後，我們的關係就無法回到過去了。」

「哈，可惡的傢伙。」

現在什麼友情都不必說了。羅恩江說得對，權在薰變了。我也沒必要去管他是不是陷入低潮，這傢伙就是垃圾。過去，我們一起揮灑汗水、互相加油打氣、咬牙撐過的所有時光，全都被丟到臭水溝裡。

我的耐心比手慢了一拍。我把吸滿水的運動毛巾往權在薰的脖子上丟，那傢伙沒有躲開。我用盡全力克制不停顫抖的拳頭，以免揮拳揍那傢伙。我看著那傢伙漲紅的臉，氣得咬牙切齒。

權在薰撿起掉在地上的運動毛巾，但沒有遞給我，而是丟到我的腳邊，這讓我的心情比被揍一拳還糟。

我們太快認識到友情的墜落，讓青春期有了面對背叛的機會。身體雖然發育了，但精神狀態還停在原地。

「把我踩在腳下好玩嗎？每看到我學了一個新技巧，跟笨蛋一樣開心得不得了，會讓你有優越感、讓你感到興奮嗎？」

看到在跳板上搖搖晃晃，連動作都沒辦法做好就直接掉進水裡的我，這傢伙肯定在心裡大肆嘲笑吧？對權在薰來說，我那些不熟練的動作，一定是再次證明了他的優越和優秀吧。真不爽。原本可能不存在的鬥志，在滿腔怒火下逐漸抬頭——雖然我一點也不歡迎這個鬥志。

「喂！我會踩著你往上爬的。一定！」

在那傢伙邁開步伐前，我已經先一步轉身、背對他走進游泳館裡。我挺直腰桿、抬頭挺胸，推開玻璃門的瞬間，消毒水的味道滲入了鼻腔。我深吸一口氣、鼓起胸膛。

戰爭開始。

7 染紅的跳水池

想拿獎牌就要穿透水面。

在跳台盡頭，岌岌可危的不是我的腳尖，而是心理素質。我用力到腳趾快要斷裂，並看了一眼下方的湛藍池水。長寬二十五公尺的跳水池看起來是那麼渺小，而我因為深怕跳到水池外而背脊發涼。

另一雙腳的十根腳趾頭，並排在我的腳趾頭旁邊，可是卻完全無法安撫我的心情。

雙手相疊、平掌入水，確保頭和肩膀一直線進入，濺出的水花才會比較少。入水的同時，耳邊傳來如紙張撕裂的聲音，手、手臂和頭吸入水中的瞬間，引發了真空狀態。

『Rip entry（無水花入水）！』

同一個跳台上，兩個人的動作沒有同步。因為受傷而放棄雙人十公尺跳台跳水的延錫前輩，囉嗦了一句：

「兩個人一起跳水卻各玩各的，是要等到其中一個人頭破血流才會認真一點嗎？」

沒聽過「自我應驗預言」[1]嗎？延錫前輩講話總是很惡毒。那天他在跳台上說膝蓋一直抖，還誇張的抖著腳胡鬧；而就在那一場比賽，他入水時出現失誤，且這個失誤釀成了大禍——延錫前輩扭傷了膝蓋，他甚至形容膝蓋都要轉半圈了。而拉著延錫前輩離開水池的，則是跟他搭檔跳雙人跳水的民成前輩。

令人意外的是，膝蓋毀了的人是延錫前輩，但崩潰的卻是民成前輩。完美完成跳水動作的民成前輩，在那之後就從未出現在訓練中心，但延錫前輩卻一副若無其事的樣子天天報到。我在心裡罵著：

『哼！同伴因為你而放棄跳水，你憑什麼每天來這裡？』

每當看到延錫前輩拄著拐杖，出現在訓練中心還嘮叨個不停，後輩們都會私底下說閒話：「他真是目中無人。」「他本來就這麼傲慢。」「他是故意出意外，好除掉內向的民成前輩。」等等。雖然有些傳聞像編出來的小說，但似乎不是空穴來風。

池底的磁磚晃動著，我撐在池底的手掌和肩膀痠痛無比，不知是汗水還是池水跑進了眼睛裡。失敗多次之後，氣濊教練的耐心已經被消耗殆盡，當我一從水裡出來，他就狠狠罰我做一百下波比跳才能繼續練習。

激烈運動讓我上氣不接下氣到眼前昏黑，或許是因為如此，我開始口不擇言。

「怕了嗎？也是，原本在你腳底下的我，很快就會爬到你頭上，你應該很焦慮吧？」

不過再怎麼嘲諷權在薰，他也只是在跳台盡頭調整姿勢，沒有任何回應。

「盡可能靠近我好嗎？如果因為害怕而離我比較遠，會被扣分的。這個了不起

1 心理學名詞，指一個人對自己（或是他人對自己）的預期，將會在往後的結果中應驗。

的祕訣可是你教我的！」

跳水池響起了哨聲，我不等發號口令就奮力踩下，將身體推到空中、縮緊腹部，違反重力的將身體蜷縮成一團。接著，在快速反覆打直、彎身、轉身的過程中，展現自我的世界。

做空中動作時我沒有看旁邊，畢竟權在薰和我，打從一開始就無法合為一體。但這時的我卻有種不祥的預感，在落水之前瞄了他一眼。權在薰快速的落入水裡，那簡直糟糕到稱不上是入水動作。

砰！

根本管不了是不是Rip entry（無水花入水）了，權在薰癱軟的身體引起了很大的水波，他的身體像皺掉的紙不斷下沉。進到水裡的我，眼前都是紅色，變成了紅通通的世界……始終冰冷的水變得溫熱，嘴巴嚐到了血腥味。

「在薰！」

是誰呼喊的一點都不重要。我發瘋似的揮動手腳，抓住癱軟下沉的權在薰，他的手臂無力的漂浮。不同於在水池外的面無表情，現在的他表情看起來很祥和。雖然我的眼前一片模糊，但我就是知道他比任何時刻更平靜。

水被渲染成紅色，我用手抱住他的身體，但卻無法控制發抖的手，鬆開他好幾次。這時水花濺起，氣溭教練進入水裡，權在薰被好幾隻手拉著離開跳水池。急忙拉開椅子的聲響傳來，圍觀的人們湧到水池邊。在四處傳來的呼喊聲中我慢慢沉入水裡，我沒有勇氣走到水外的世界，只想漸漸沉到很深的池底。

『就算頭破血流，在跳台也要緊靠著我。』

如果我沒有嘲諷他，他可能不會發生意外，因為他不是外行人，我才是。是我控制不了自己的情緒，才會不斷謾罵他。

我討厭他，因為他不認同急起直追的我；發現他的心胸原來這麼狹窄，也讓我感到失落和失望。他可能需要時間適應改變，我卻為了顧及自己的面子，連一點等待的時間都沒給他。

我狹窄的心胸造成了……那片紅色。

好幾天來，報導都說今年梅雨季和往年大不相同，將帶來史無前例的豪雨炸彈。豪雨炸彈……一直與水為伍的我，從沒思考過梅雨季的威力。我需要收看氣象報導嗎？反正我的生活永遠都在室內跳水池裡訓練，梅雨季與我無關。不過，我現在的處境，就像被豪雨炸彈炸到，甚至期望梅雨把我捲走。

震動聲響起，放在桌上的手機精力充沛的震個不停。訓練快結束的時候，手機就會開始響——通常來自羅恩江，教練可能知道我不會回覆，乾脆不跟我聯絡。

氣織教練

只給你一個星期的休假，不能再多了。

氣織教練的訊息簡單俐落、沒有多餘贅字，假裝什麼事都沒發生。我很好奇羅恩江擅自沒去訓練時，他是否也發了同樣的訊息。不過我最想知道的，是權在薰的情況——直到被送上救護車為止，他都沒有睜開眼睛，就像要捉弄我而故意惡作劇。

當我躺下想要睡覺時，那天的情景就會自動浮現，就像有人在我腦海中按下播放鍵，不斷重複同樣的場景。

『怕了嗎？砰……在薰！』

再怎麼緊閉雙眼，我的眼前永遠是一片紅色。身體極度冰冷，眼前卻像熊熊烈火燃燒般的火紅。我使出渾身力氣想要扶起權在薰，但他無力的身體一直往池底下沉，那個沉重的感覺縈繞在我的腦海裡。

我只是呆滯的看著權在薰被救護車載走，也第一次知道自己這麼軟弱。有人過來拍了拍我的肩膀，有人用手肘頂了頂我的側腹，彷彿在說「沒什麼」似的，但我無法釋懷、頭腦一片混亂。留在跳水池底的鮮明血痕告訴我，那不可能沒什麼。

我終於了解，為什麼民成前輩的意志力會像餅乾那樣粉碎，像淋到雨的棉花糖那樣消融。我把身體蜷縮得跟繭一樣，用被子蒙住頭。如果就這麼一動也不動，放慢呼吸減少呼吸次數，我會不會自動蒸發呢？

只有做空中動作時才會用力蜷曲身體，旋轉足夠的次數後就要面對水面。我還有把身體拉成一直線面對世界的那一天嗎？打直身體的行為，就像一種罪孽，讓我更用力緊縮身體。我用力抱緊膝蓋，彷彿想用膝蓋壓碎心臟。

雨拍打窗戶的吵雜聲傳來，我從棉被裡探出頭望向窗外，全世界都被眼淚覆蓋了。權在薰是否也看著這場大雨？這時的我，連嘆氣都小心翼翼。

我把腳伸直，但腳尖發麻。我不能一直蜷縮著躲起來，我需要去見權在薰，就算遠遠的看一眼，也要確認他是否無恙，才能結束我的地獄。我已經準備好進入暴雨。

我打開房門走出去，遇到拿著點心托盤的媽媽。那天，當我滿臉淚水，一臉呆滯的回到家後，媽媽也沒有特別說什麼。她只是時間到了就準備飯菜，就算我一口都沒吃也沒有罵我，甚至還阻止了大吼著問我發生什麼事的爸爸。如果是我所知道的媽媽，她一定會問我十次：「天啊，怎麼會發生這種事？」但現在，媽媽卻像待在水裡般寂靜。

「颱風要來了。」

這是五天來，媽媽第一次開口說的話。當我打開家門走出去時，我一字一句的回答：

「媽，我已經在颱風中心了。」

我感到胃一陣翻騰，眼淚快要奪眶而出，於是急忙逃入雨中。即使強風吹得無法打直身體，但我無所謂。

○
○
○
○
○

當我真的出門了，卻無處可去，真可笑。我自認為去過不少地方，但那只是錯覺，我如同踩著寵物鼠的滾輪般，往返於家、學校、訓練中心，還有後山和奇蹟便利商店。我突然想去便利商店喝一碗熱騰騰的魚板湯。傾盆大雨之下，我還打著赤腳，對一切感到厭煩。

「朴武源，快來幫幫我！」

正要進入便利商店時，門突然打開，具本熹衝了出來。我根本來不及問她要去哪裡，就被她抓住了手。奇蹟店員具本熹在發抖，我也不自覺的握緊了她顫抖的手。

我被不明就裡的拖去半地下室的公寓，四處都積水了，巷弄氾濫成災。路過的行人乾脆把傘丟掉，小心翼翼的走著。

「幸好，門還打得開。」

在我來不及阻攔之前，具本熹就進到位於地下的房間，已經淹沒腳踝的水正快速高漲。

「瘋了嗎？具本熹，快出來！快點！姐！」

具本熹真的瘋了，水不斷湧進家裡，她卻拚命收拾家當，根本聽不到我的聲音。我不懂她為什麼要抱著吸了水的毛毯死命掙扎，我真的快瘋了。我站在門口用身體擋住她大喊：

「喂！妳幹麼拿那個？」

很無奈的，具本熹拿的全都是丟掉也無所謂的物品——廉價馬克杯、小餐桌、鋁鍋、舊枕頭。

「這些是我獨立生活後，第一次買的東西！」

水淹過腳踝，快要到膝蓋的高度了。管它是不是第一次買的，逃命要緊，不知道她在堅持什麼。我不管三七二十一抓住了她的手臂往外拉，如果說不通，我只能用蠻力把她拖出去。我下定決心，即使具本熹的手臂會脫臼，也要把她帶離這裡。

「啊！不行！」

水果刀掉了下去，具本熹急忙彎腰把手伸進泥水裡亂攪一通。

「妳做什麼？」

在我大吼的同時，具本熹發出了尖叫聲。我把她泡在泥水裡的手強拉過來，她的手指流血了——為了找回便宜的水果刀而割傷手指，全世界大概只有她一個。從半露出地面的窗戶中，雨水瘋狂灌進來，有人正在敲打窗戶，力量大到幾乎要敲破玻璃。

「有人在嗎？」

「有，我們立刻出去！」

他可能認為我們被關在裡面，打算敲破窗戶。

「不要敲破，如果你敲破玻璃窗，我會敲破你的頭！我不會放過你的！」

具本熹怒吼著，彷彿噴火般說出了狠話。我真的氣到受不了，看到這種地獄般的景象，她還在擔心玻璃窗！

「妳瘋了嗎？沒時間擔心玻璃窗吧？夠了沒？」

即使手指流著血，具本熹依然沒有放開家當，而且看到什麼都攬在身上，幾乎到發狂的程度。我一把搶走具本熹手上的破舊熊玩偶，丟回房間裡。

「你憑什麼？」

「想發瘋等離開這裡後再發瘋，知道嗎？」

我對抓著大門死撐的她撂下狠話。看到她為了找回消失在某處的熊玩偶再度返家，我不禁吐出各種髒話，辱罵就像饒舌般劈里啪啦一股腦說了出來。

「夠了，就像姐說的，我要參加奧運，也要拿獎金。在那之前，我不想當水鬼，所以不要再堅持了！」

我不由分說的把她拖出來，水已經淹到腰的高度。就算到地面上，情況也沒有比較好，尖叫聲響起時巷子盡頭也噴出了水柱，似乎是人孔蓋被噴飛了。這已經不是天空破洞的程度，我甚至懷疑老天爺開了個玩笑，把我們放在水槽中。具本熹一臉落魄的發著抖，但依然沒有把吸滿泥水的毛毯放開。

「走吧！」

「去哪裡？」

水不斷的從具本熹的臉上流下，我不想知道那是淚水還是雨水。一手拿著鋁鍋，一手抓著具本熹的我，究竟在這裡做什麼……我感到一陣頭痛。

「回家！」

「這裡……就是我的家。」

某個無形的、不斷被積壓的東西爆開了。我把連忙阻擋水流進建築物的人拋在腦後，一把拉住具本熹。路上大多數的車子都亂成一團，人們穿越深及膝蓋的水前往各處。

「妳的家……已經不在了，妳看那裡。」

半地下室公寓淹沒在深沉的黑暗中，前往地下的樓梯已經消失不見。

具本熹的意志力超乎常人，當她親眼確認一切都沒入水中後，立刻毫不留戀的轉過身去。我甚至懷疑她和剛剛像瘋子一樣拚命撿回家當的，是否是同一個人。

我根本不需要牽著她的手。她搶走我手上的鋁鍋和相框後大步走向前，我只能默默的跟在她後面——涉水的腳步這麼堅定，所以她說自己無處可去，是假的吧！我有點在意她緊抓著毛毯的手，吸了水的毛毯一定又髒又重。

「流血了。」

被豪雨炸彈襲擊的城市夜晚，我的這句話無力到根本無法傳到具本熹那裡。當我看到血從她的手指滴落到水面上時，我的雙腳癱軟著，一動也不能動。

○
○
○
○
○

我家附近和奇蹟便利商店一點事也沒有，簡直無法相信跟剛剛那個地方在同一個城市。而具本熹的目的地竟然是便利商店，這讓我露出了苦笑。

「公司是妳的避難所嗎？」

幸好，便利商店老闆看到具本熹的樣子，二話不說就把倉庫讓出來給她使用。也是，具本熹替這間店創造了那麼多業績，這時候不可能對她見死不救。雖然我沒看過落湯雞，但我想很適合用來形容現在的我們。

老闆在倉庫準備了折疊床，還準備了恆溫水暖床墊。明明道謝就好了，具本熹的反應卻有點大：

「老闆，我會兩天之內離開。」

她離開倉庫後又沒地方可以去，竟然說兩天就離開，還真令人擔心。

「不論是兩天或十天都沒關係，別給自己太大壓力。家裡還好嗎？」

便利商店老闆似乎看透了她的冷漠。當老闆問她家裡的情況時，具本熹深深低下了頭——除非事情很嚴重，否則她根本不會把頭低下……當時的我明明有那麼多話可以說，為什麼偏偏說出「妳的家已經不在了」呢？

我瞄了一眼倉庫角落，黑色垃圾袋中，露出了具本熹找回的沒用物品。

「我待在這裡的期間，請不要雇用大夜班，我來就好。」

具本熹提議。雖然老闆斥責她怎麼說這種話，卻也敵不過具本熹的堅持，她甚至還說不這樣做自己無法睡在倉庫。具本熹果然很強大。

「傻瓜，妳如果白天晚上都工作，水暖床墊要什麼時候用？妳不打算睡覺嗎？」

「就算沒有水暖床墊，也已經很溫暖了。」

隨著雨落下，夜愈來愈深了。老闆離開之後，只剩下我和她兩個人。不會有客人穿越如戰爭般的暴雨來便利商店。我和她一起坐在窗邊，看著彷彿要打穿地面的大雨，等待魚板湯微波好。

『等魚板湯加熱好了，心也會暖和一點嗎？』

那天的夜晚讓人變得感性。我的視線來到具本熹的手指，雖然已經止血了，但劃開的傷口仍讓我心驚膽跳。我走到藥品陳列架，這裡不是藥局，當然不會有適合的藥。我衝動的拿起防水型OK繃，不過又放了下來，選了另一款。

具本熹拆開魚板湯的包裝推給我，我慢慢喝了一口，熱騰騰的湯順著食道滑落，身體不自覺的打顫。

「手給我。」

「什麼？」

「身體淋溼了，耳朵也變得不好嗎？手。」

如果好好的說，我擔心她不會理我。剛剛在地下室，我罵她、硬扯她的手臂……沒做任何一件好事。

不知怎麼回事，具本熹乖乖伸出雙手，我抓住被水果刀割傷的那隻。

「唉！放開，我不痛。」

「最好是，這樣也不痛嗎？」

我故意用力壓受傷的手指頭，突如其來的攻擊讓她忍不住尖叫。我看到她漲紅了臉，噗哧笑了出來。

「明明很痛還逞強。」

我把粉紅色的可愛OK繃仔細貼在她的手指上，那是小朋友會喜歡的類型，上面印有笑容滿面的 Kakao Friends 桃子。被豪雨炸彈襲擊的今天，我想對看著桃子微笑的具本熹說句溫暖的話，但不知道該說什麼。

「剛剛……很抱歉。」

「你說清楚一點，剛剛是什麼時候？」

具本熹正在復活。她默默的用湯匙攪拌魚板湯，接著就像在講古老故事般，說起了自己的故事。雖然不是我要求的，但是像這樣知道那麼多私人的事情似乎不太好，不過今天就是那樣的夜晚——所有人都累了，知道自己很軟弱、想要依靠他人。

「那是寶貴的家，我靠自己的力量搬進去的第一個房子。雖然是地下室，但比起其他房子，卻能讓我的心變得明亮。」

她說她在育幼院度過了青春期，十九歲時拿著政府的十二萬補助金出了社會。當她說到自己很害怕時，魚板堵住了我的喉嚨。一開始，她搬進了沒有窗戶的雅房，但說深怕自己會變成繭，經常熬夜不敢睡。我想像著不到二十歲的年輕具本熹，在沒有陽光的小盒子裡，蜷著身體屏息的樣子。

「那時候我能做的，只有祈禱今天平安活下來、明天有力量撐下去。」

我忍不住低聲嘆息，但是具本熹沒有轉頭看我，只是默默的用湯匙攪拌著魚板湯繼續說下去。

「你說我整天把錢掛在嘴邊？有錢才有力量，可以過生活、上大學和買東西，我沒有父母提供那些資源，也不想再回到沒有窗戶的房間……」

我從來沒有聽過她用那種聲音說話。聽到她顫抖的啜泣聲時，我轉過頭，一邊說：「不會，沒事的。」一邊觀察她的情況。我的心沉入地底，快速跌落到積水地下室的黑暗裡。具本熹發紅的眼睛裡，有個獨自瑟縮在無窗房間的小孩。

雖然我表現得彷彿自己都懂，但事實上我什麼都不了解。不論是權在薰的心情，還是金錢至上的具本熹的孤單。

外面吹著狂風暴雨，便利商店外的一棵路樹被吹得快要折斷。我一邊替努力撐住的路樹加油，一邊說出了這句話。

「悲傷不會永遠存在。」

那是為了具本熹、權在薰，還有我自己的祈禱。

8 不成熟，但小而閃亮的星星

我這輩子沒寫過情書，但如果秉持著這種精誠所至、金石為開的精神，相信權在薰會回訊息報平安吧。我每天早晚都傳訊息給他，準確來說，更像是寫日記。羅恩江很好奇我寫了什麼，因此我拿給她看，但她只回了一句：「這是什麼？」老實說，大部分的時候，我也不清楚自己到底傳了什麼內容。

我按照羅恩江的建議，假裝什麼都沒發生般繼續傳簡訊給他，就跟以前一樣；但是，就連羅恩江也對這樣的結果束手無策。我在訓練日誌上寫下煩悶的心情，每一篇都像是寫給權在薰的信，但都是沒有寫作技巧可言的日記。

『今天進行陸上訓練時，突然想起你做的轉體動作，完美得跟教科書一樣。』

『你之前為什麼會那樣說？你說赤腳走路才能讓腳底更敏銳，但是我在零下十八度時照做卻凍傷了。臭小子！即使是現在，一到冬天我的左腳拇趾都會刺痛。』

『國小時，你說只有你能參加奧運，所以我一直詛咒你。可是隔一天，你又說一定會帶著我去參加奧運，你一定不知道……當時的我有多感動。』

『還活著嗎？如果還活著就看看天空，今天超級灰濛濛的。』

『No Splash（水花消失）、Rip entry（無水花入水）在我們的人生中代表什麼？』

『如果選擇的項目不是跳水會好一點嗎？我太卑鄙和著急，無法顧及你的傷痛。太晚起步一直是我心中的恐懼。』

不管是提到過去的回憶，還是炫耀自己做到了哪些技術，他一概不回應。就算他不回訊息，我也不遺憾，因為跟自顧自傳送訊息的我一樣，回覆也要看他的意願。

「悲傷不會永遠存在」，這句話是不適用於我的詛咒嗎？

○○○○○

「這裡嗎？」

「對，這是我家，第一次看到這種大門吧？」

我們家的太極圖配色大門[1]，在這一帶小有名氣，右邊的門板是藍色，左邊的門板是紅色。充滿個性的大門，讓宅配司機時常問我為什麼左右邊門板的顏色不一樣。一開始我以為爸爸只是隨意塗色，沒想到有更深的意義。爸爸說：「家庭的和平和繁榮，延續到國家的和平和繁榮，所以我才把太極圖的顏色分別塗在兩邊。」賦予大門這麼偉大的意義實在有點誇張，但房子是他的，我沒有資格多嘴，而且老實說，看起來有個性也不錯。

1 大韓民國（俗稱「南韓」）的國旗由白色底，搭配紅藍太極圖與乾、坤、坎、離四卦組成。

「朴武源，你住在這麼有意義的房子，一定要成為國家代表隊，披上國旗宣揚國威！」

我本來想對具本熹說：「別說無聊的話了。」但只是默默搶走她手上的行李箱。行李箱的一個輪子似乎壞掉了，很不穩。這時，具本熹又高聲說這是賺錢後第一次買的物品，我很想反問她：「到底有哪些不是第一次買的？」

在具本熹找到適合的房子之前，她決定先搬來我們家住。這件事發生得很偶然，颱風那一晚的意外後，我到早上才回到家。一進家門，媽媽的手就狠狠的扣在我的背上——我竟然忘了媽媽在學生時期打過排球，雖然最終沒能成為職業選手，但我太小看徘徊於職業和業餘好幾年的實力，那些基本功依然存在。

「未成年竟敢徹夜不歸？我本來不想過問你的事，但這也太誇張了。如果只有這點決心，就放棄跳水！」

看到媽媽堅決的態度，我一時慌了起來。就像牙牙學語的小孩般，我含糊不清的只吐出「地下、水災、倉庫、吸了水的毛毯」等像是猜謎般的提示後，又被打了一下。驚人的是，臥房裡的爸爸居然像玩拼字遊戲般，從那些毫無頭緒的單字中找到了準確的答案。

「帶來家裡啊！家裡還有一個空房間。」

「她一定會付錢，不然就不會住進來，她這個人算錢算得最清楚了。」

「你瘋了嗎？當然要收錢。工廠都要收了……天底下沒有白吃的午餐，通常免錢的都是詐騙。」

我很意外爸爸會這樣提議，我不禁脫口而出「具本熹見錢眼開」這樣的壞話。不過聽到這裡，爸爸竟然點點頭、露出滿意的表情說：「活在這個險惡的世界，就是要有堅韌的生存能力。」

回家路上，具本熹看到我一直盯著手機，不屑的說：

「朴武源，你膽子那麼小，怎麼從跳台上跳下來的？還真不可思議。別再看手機了，你乾脆直接去找他談談。」

她以為我沒去過嗎？發生意外的隔天，我就到醫院探望權在薰了，但他謝絕會客。聽到他出院的消息後，我又去了他家一趟，但依然沒見到面，只好回家。他甚至連避不見面的藉口都沒說，讓我感到更失落。如果他怪罪我，至少我的心情不會這麼沉重。

看到權在薰媽媽對我的態度，我想他一定什麼都沒說。我一點都不感謝他的那種態度，反而希望他怪我、說全都是我的錯，因為我說了那些討厭的話才害他受傷。這樣一來，我也可以罵他或揮他一拳，但我卻什麼都不能做。

「您好，初次見面，我叫具本熹。」

一進到客廳、看到等著我們的爸媽，具本熹立刻口齒清晰的自我介紹，接著行了個隆重的跪拜禮[2]。爸爸原以為她只會彎腰行禮，所以伸出手來打算握手，最終只能用尷尬的姿勢接受具本熹的大禮，那個畫面真的很好笑。相反的，媽媽連忙坐了下來，回應了具本熹的跪拜禮。

那一刻，我看到了具本熹的另一面，不愧是「東方禮儀之國」的國民，行跪拜禮的姿勢完美無缺。

「我沒有地方可以去，所以很心急。真的很感謝你們在不清楚我的為人下，還願意讓我住進來。這是租金。」

看著她打完招呼後就拿出房租，我腦中浮現出「不愧是具本熹」的想法，但同時卻有不明的哀傷讓我鼻頭一酸。爸爸收下信封，露出滿足的微笑；接過信封後，媽媽走向廚房。

「妳想喝什麼迎賓茶？」

又不是飯店，喝什麼迎賓茶？我突然想起昨晚媽媽準備水正果[3]和柿餅核桃捲的身影。當時我還在想，大半夜的，媽媽在做什麼，原來是準備給具本熹的。

「付錢了當然要以禮相待啊，妳就大方要求吧！本熹。」

爸爸也在一旁幫腔。通常，具本熹在便利商店都喝水……不是嗎？好像還看過她緩緩喝著草莓牛奶的樣子。

「我喜歡喝草莓牛奶。」

用盤子端來水正果的媽媽突然停下腳步，水正果溢了出來。盤子上除了水正果，還有柿餅核桃捲，就放在客人專用的水晶碗裡。具本熹看到媽媽後，立刻站起來，伸手想要接過盤子，但媽媽揮手表示沒關係。

「哎喲，我也喜歡水正果，但這個太珍貴了，育幼院裡喝不到……」

聽到「太珍貴了，育幼院裡喝不到」這些話，媽媽立刻握住具本熹抓著盤子的

2 韓國傳統打招呼、問候的方式。除了在重要節日、拜見長輩時使用，也會用在誠心誠意致謝或致歉時。

3 加入薑片、肉桂、黑糖的韓國傳統茶。

手。兩個人隔著水正果的樣子，就像連續劇裡的場景。
我知道具本熹為什麼可以成為奇蹟了。我不知道草莓牛奶和水正果之間有什麼共同點，但她驚異的生存能力，就是不論何時何地，都可以立刻跨越兩者之間的差異。
水正果很辣，肉桂的香味濃得刺鼻，但看著具本熹喝一口後變成新的家人，我的嘴裡卻意外的感到一陣甘甜。

○○○○○

氣氿教練直接找上門，正確來說，是我要出去買零食時，被教練逮個正著。好笑的是，雖然我已經決定不再跳水，還放棄規定好的菜單、隨意吃了零食；但在沒人要求下，還是自動自發的奮力運動——深蹲到汗珠滴下來，再倒立調整呼吸，我不知該怎麼形容這樣的自己……遇到氣氿教練時，我甚至被「幸好在買零食前遇到他」的想法嚇了一跳。
我想蹧蹋自己的身體，但是因為沒有勇氣放棄，所以期待別人放棄我；但是另一方面，我也有想要好好撐下去的欲望。

「我說了什麼？我只給你一星期的時間，你不知道一星期有幾天嗎？七天！」

「一星期」是氣潪教練單方面決定的，但七天根本無法安撫我的心。上帝創造天地可能七天就夠了，但我的心更微妙和複雜。

「跟我來。」

「我不會去在薰那裡。」

大概是自尊心作祟，我不想被發現只有我整天焦急的等待他回應。

「誰說要去那裡？廢話少說跟我來。」

我想過是否要直接逃跑，而氣潪教練竟然頭也不回的向前走，他怎麼能這麼相信我呢？真不懂他在想什麼。還以為他看到我時會訓斥一頓，卻只說了一句「跟我來」，不會是想把我帶到陰暗的角落，狠狠揍我一頓吧？

「吃飯了嗎？」

「吃晚餐前就被你綁架了。」

氣潪教練踏著穩定的步伐，我看見他的小型車停在巷子盡頭。

「這哪是綁架？你自己跟著我走過來的。」

他打開車門，一把抓住我的肩膀，把我推進車子裡。他的動作太突然，我的一隻拖鞋掉在車門外。我立刻大喊鞋子，於是他撿起拖鞋丟進車裡，接著把門關上。我自暴自棄的坐在副駕駛座，安靜的將雙手放在膝蓋上。

「我們要去哪裡？」

「吃飯。」

車內一陣沉默。他其實可以放點音樂，但只是默默的專注開車。在我想按下按鈕、放點音樂時，他低聲阻止了我。

「我想靜一下，你睡一下或看看窗外吧。」

我想知道，到底是多了不起的一頓飯，還要開上高速公路。我在心裡咒罵，萬一不好吃就等著瞧。

窗外的建築物間透著夕陽的光輝，粉色和橘色恰到好處的融合在一起。我只從書上看過或聽爸爸唱過〈紅霞〉[4]這首歌，而現在親眼看到的夕陽，就像冰淇淋一樣。前往郊外的路開始塞車，晚餐之前不可能回到家了。氣識教練說已經料到這個情況，所以打電話給媽媽，告訴她吃完晚餐再回去——他似乎比想像中還要細心。

這個時期正在修剪路樹，風吹得樹枝散落一地。路過的小孩為了跳過樹枝，掉了一隻拖鞋，一根樹枝就橫在中間。我原本想要忍住，卻管不住自己的嘴巴。

「要去吃什麼？」

「去了就知道，不要嚇到了。」

是一間充滿謎團的餐廳。車子行駛了一段路後抵達被山和田圍繞的村子，接著從大馬路轉進住宅區的巷子——那是一條窄巷，只容得下一輛車經過，萬一對面有車開過來，其中一方一定要退讓。我不禁懷疑，在冷清的鄉下住宅區，怎麼可能有餐廳。

開過迷宮般的彎曲巷弄，終於看到石牆半坍的房子。木製招牌首先映入眼簾，上頭的手寫字令人印象深刻。

4 韓國歌手李文世於一九八八年所發行，曾經是傳唱度非常高的歌曲，近年來也有許多韓國團體翻唱。

「美登？」

我用不確定的口吻念出招牌上的字，氣焰教練嘲笑似的哼了一聲後停車。

「你真的都不念書啊？什麼美登？美食啦！你沒學過甲古文嗎？」

「念過書也有可能不知道啊！我可能跳水跳太多，晃到腦袋造成暫時性失憶，最近視力也變得不太好。」

憑良心來講，我也覺得這個藉口太牽強。這間店怎麼會取這種名字……還真沒品味。

「誰管你有什麼藉口，你又沒有一天跳一萬次。下車！」

氣焰教練經過招牌、走進石牆屋的院子裡。大門是開著的，明明可以直接走進去，他卻停在院子中央、把手別在身後，還誇張的挺著肚子。

「來人啊！」

看到這麼傲慢的態度，原本要迎接他的人會厭惡的遠遠避開吧。小窗戶閃過一道影子，一個圍著圍裙的長髮男人走了出來。那可不是一般的長髮，竟然是在鄉下難得見到的雷鬼頭，還綁了雙馬尾，真令人印象深刻。

「瘋子，你來啦？」

有別於紮得乾乾淨淨的頭髮，他的語氣挺粗魯的。他們互罵彼此「你才是瘋子」的模樣有點可笑。在我看來，不論是氣溡教練還是雷鬼男，都半斤八兩、五十步笑百步。

「客人，歡迎光臨。」

雷鬼頭發現呆呆站在氣溡教練後頭的我，急忙彎腰行禮。明明看起來和氣溡教練年紀差不多，他卻鄭重的跟我行禮，我也連忙跟著彎腰九十度鞠躬——好久沒這樣行禮了。

「臭小子，你別鬧了，他才高一。」

氣溡教練拍了拍我的背，雷鬼男反折氣溡教練拍背的那隻手。

「金氣溡，這就是你的問題。只要是客人，管他是高一還是七十歲，不分年紀大小，都要以客為尊。客人，請進。」

我總覺得他們在耍我。雷鬼男在前方帶路，但店內空間不大，根本沒有必要帶路。他過於慎重的態度，害我忍不住笑了出來。

「好笑吧？你看他的後腦勺，更好笑。」

訓練中心的那個氣溡教練去哪裡啦？眼前這個人機智又活潑，狀態輕盈的都可以飛到後山了。

這間餐廳是老房子改造的，更有趣的還是無菜單料理。餐廳裡有六張桌子卻已經客滿，我露出為難的表情，不過氣溨教練對我眨了眨眼睛。

『他在對我眨眼嗎？教練今天到底是怎麼回事？』

我的背脊一陣發涼，該不會是因為沒遵守一星期的期限，他故意帶我來鄉下，想要活埋我？

「我預約了，怎麼不幫我留位置？」

「你哪是客人？你是仇人。」

雷鬼男笑罵著氣溨教練，真有個性。氣溨教練怎麼會認識這家餐廳的老闆？他們完全沒有共通點啊，真的很神奇。

我們穿越餐桌、掀起掛在通往廚房小門上的蘆葦簾來到後院。戶外臥榻上已經放著小菜，看到方桌上擺滿了各種食物，我的食欲不禁湧上來。

「喂，尹秀燦，我說帶一個高一的選手來，你幹麼準備得像是要拜拜那樣滿滿一桌菜？」

『唉！這哪是……』

帶我過來這裡的目的，還是要懲罰我吧。雖然氣溡教練假裝不是，但我很確定是為了教訓我。不過我也無話可說，畢竟我無故缺席訓練，還超過氣溡教練提議的期限。不過，就不能替我想想、照顧一下我的心情、了解一下為什麼我會做出這種選擇嗎？

以結果來說就是這樣，大家都說「為了達成目標，過程比結果更重要」，但這只是說得好聽——只有在成功之後，才會重視過程並加以美化。

「為什麼什麼都不問？」

「我要問你什麼？你要回答我什麼？」

正在用門牙細細咀嚼炒小魚乾的氣溡教練真令人痛恨，他不可能不知道他的徒弟有多痛苦，竟然還用「什麼都沒發生」的態度，平靜的補充鈣質！被背叛的感覺湧了上來，就像一群想要啃噬我的小魚。

「我去找了權在薰，但沒見到面。」

「嗯。」

壓抑的情緒，因為他一聲「嗯」而爆發，我激動到根本沒察覺雷鬼男端著食物過來。

「怎麼可以這樣？如果是教練，至少要問我『還好嗎？』吧？在薰因為我才變成那樣……教練就沒什麼話可說嗎？」

雷鬼男放在我們面前的，是煎得焦黃的綠豆煎餅和水煮肉，我們被香噴噴的味道包圍，接著氣漪教練用筷子將綠豆煎餅分成一口大小。

「你現在不好，我怎麼會問你『還好嗎？』這樣能安慰到你嗎？」

他說得沒錯，難以接受的現實讓我低下頭，抬頭面對教練的勇氣漸漸消失。

「地上又沒有食物，把頭抬起來。在薰的事情是意外，是跳水時不應該發生的意外。」

他的話完全無法安慰我，我不可能好起來，甚至永遠不會好起來。雷鬼男拿著汽水出現，炫耀說這是特別招待。

「尹老闆，告訴他那個故事吧。」

「什麼故事？」

氣溸教練的視線轉向雷鬼男的頭髮，我看了好幾次之後，才發現他很適合綁雙馬尾。

「不准笑我的雙馬尾，還不是多虧了你這個死教練。」

氣溸教練聽到「死教練」也沒有反應，他夾起一塊水煮肉，蘸醬後放進嘴裡，並用舌頭舔了舔脣上的油漬。

雷鬼男低下頭，還把頭湊到我的鼻子前。當我慌張想著該怎麼解釋他的這個行為時，氣溸教練開口了。

「看看他的頭儘管笑吧，他注定只能綁這個髮型。」

「注定你個頭。我在你這麼大的時候，跟金氣溸一起雙人跳水。這傢……不對，這位教練那天對我特別刻薄，所以我就想還以顏色的跳下去……結果頭就破了。不過很奇怪，傷口癒合後，不知是什麼詛咒，只有這個地方長不出頭髮，為了掩蓋才不得已綁雙馬尾。」

真是意想不到的故事開展，氣溸教練吃綠豆煎餅時的咀嚼聲讓我感到不耐、皺了一下眉頭。雷鬼男曾經練過跳水的事讓我驚訝，他們還一起雙人跳水的事更令人震驚。聽說那次意外之後，雷鬼男就放棄跳水了，可是氣溨教練卻可以若無其事的坐在這裡吃飯。

「所以這個仇人被判了無期徒刑——必須一輩子來增加我的營業額。」

「你無所謂嗎？真的沒事嗎？」

我真的很想知道雷鬼男的想法。其中一個人依然生活在跳水池中，受傷的另一個人做著跟跳水無關的工作。如果雷鬼男沒有發生意外，也有可能輾轉於全世界的跳水池，成為運動界的傳奇。

「喂，高中選手，你看到我的頭，還覺得我沒事嗎？」

我慌張起來，因為問了愚蠢問題愧疚到不知該露出什麼表情，然而雷鬼男和氣溨教練卻都放聲大笑。我不知道有什麼好笑的，他們甚至笑到肩膀不斷顫抖、眼角擠出淚水。雙馬尾和平頭在我眼前晃動，看樣子，覺得「有事」的只有我一個。

我不知道該笑還是哭，只能緊盯著漸漸變涼的綠豆煎餅。這時雞叫聲傳來，公雞扯開嗓子，向太陽西下的天空大叫，而氣溨教練和雷鬼男躺在臥榻上大笑。這究竟是什麼情況……我到底錯過了哪一個笑點？

水煮肉和綠豆煎餅雖然已經冷了，但還是很好吃。雷鬼男也沒有問要不要加熱，我喜歡他這種直爽的個性。我很好奇他有沒有聽說過我的事，但都無所謂了。他們在我面前，劈里啪啦說了跳水時期的往事。幸好不論過去或現在，訓練都一樣辛苦——無盡的競爭、一起被罵、又哭又笑，吵架之後就算沒有和好也能自然的恢復關係。這些反覆的日常生活，讓我聯想到電影劇情。

「雖然裝得很酷，但那是伴隨著猜忌和嫉妒的年紀，十七、十八歲就是那樣。雖然想好好表現，但身體不聽使喚，然後某一天看到不如自己的傢伙突然爬上來，就想要故意忽視，對自己說那只是偶然，這次只是偶然而已。不過了解那不是偶然的瞬間，就會崩潰。到昨天還是朋友和同伴，卻突然不想跟對方碰面，明明知道不是對方的錯，但心智還不夠成熟，所以自己也無可奈何。」

心智不夠成熟……夾菜夾到一半的我，用拳頭揉了揉胸口。

「但好笑的是，不管是十幾歲的跳水時期或是現在，猜忌和嫉妒一直都在。你知道為什麼嗎？因為想要過好生活。既然來到人世，就想力爭上游，所以才會那樣。你和在薰都是有志氣的人。」

我的鼻孔張大又收縮，嘴唇不斷顫抖。好辣……都怪醬汁裡放了青陽辣椒[5]。

「你在這裡哭出來的話，教練會取笑你一輩子，而我就是活生生的證人。把眼淚收回去。」

我很感謝雷鬼男給了我一杯溫水，他經營的「美食」真的很好吃。讓傷口長出新肉的不是食物，而是老闆的幽默。在我喝水時，他開玩笑的說：「比泳池的水好多了吧？」結果害我嗆到，水流進鼻子裡。

伴著客人的笑聲和聊天聲，夜漸漸深了。雷鬼男的雙馬尾飄動著，勤奮的來回於廚房和外場。

氣氠教練把桌子推到一旁躺下來。

「你看看天空，我們總是看著地板往下跳，所以偶爾會忘記頭頂上有那麼漂亮的星星。」

我看了一下天空，那是還不成熟，但小而閃亮的星星。

5 韓國的青辣椒品種，比一般辣椒辣。

9 勇敢無畏的跳躍

「人生很漫長，我的意思是……挑戰看看吧。」

到底要挑戰什麼？氣溢教練似乎讀懂了我的疑問，接著說：

「跳水也好，權在薰也好。」

這句話不合邏輯，意義也不明。雖然他說得不清不楚，我卻聽得明明白白。一同經歷了漫長歲月的我們，就是能輕易聽懂這段不合邏輯的話。

回家路上，車內一片寂靜，幸好心情並不沉重。吞口水時，就會想起餐桌上的各種美味、口感和香味。想起雷鬼男一直吵著要氣溢教練把已經「水葬」的頭髮還給他，這種感覺，就像看完講述兄弟之情的好笑電影後回家時的感受。

「你上跳台之前聽什麼？」

「聽什麼？」

在腦袋裡模擬跳水動作就讓我很忙了，還問這種問題！大部分的選手會為了緩解緊張而聽音樂，聽的音樂也很多元。但是我已經自顧不暇，沒空好奇別人在聽什麼。

「你這傢伙，怎麼一點餘裕都沒有；人要游刃有餘，動作才能游刃有餘。」

一．八秒就要分出勝負的運動，竟然跟我談餘裕！教練又不是外行人……這是不是陷阱，為了確認我的精神狀態？我懷抱著各種想法，偷看教練映照在窗戶上的身影，這時音樂流瀉了出來——是IU[1]的歌，清澈優美的音色，讓人聯想到夏天的海。

這首歌從第一小節就深深吸引我，歌詞描述了月亮漸漸滿盈，IU的歌聲似乎在鼓勵我快點付出行動。我看著窗外升起的月亮，夜愈來愈深了。

「人生怎麼能更完美，喔！」

在我被溫暖的歌詞感動之前，氣溮教練大聲跟著唱了起來。雖然他走音，也沒跟上節奏，但聽起來還不錯，因為今晚是黃澄澄的月亮漸漸滿盈之夜。我拿起手機觸碰螢幕，黑暗中發出了亮光。我決定用拍照這個小而有力的動作來招喚星星、捕捉滿天星空。

氣澂教練的話或許沒有錯，愈快挑戰似乎愈好，老是拖延和猶豫，可能會剩下後悔和傷痛。就像歌詞說的，我是年輕的熱血，比起蒲公英，我今晚想抱著星星奔馳。

我按下傳送鍵。在月亮漸漸滿盈的今晚，我胸口的滿天星光飛向了遠方。

○○○○○

已經很晚了，氣澂教練無視我的請求，不願意載我回家。他把車子停到十字路口的公車站，叫我下車。

「我家附近晚上很可怕，你隨隨便便把我帶出來，就要把我安全送回去。」

「你繼續賴著不走，才更可怕。」

『這又是什麼鬼話？』

1 韓國人氣歌手、偶像、演員。

氣溨教練指向前方，我的視線順著指尖，停留在「取締違停」的監視器上。

「沒什麼比罰款更可怕的。你跑回去，順便培養膽量，出發！」

從重情重義轉換到無情無義的技術，無人比得上他。一把我放下來，氣溨教練就立刻消失在車流裡。

我坐在公車站的椅子上、抬頭看了夜空——沒有星星。我甚至不敢相信幾小時前，還待在滿天星斗的地方。我拿出手機想要確認訊息，卻什麼都沒有，不過心情還是很放鬆。真奇怪，現在的我不再感到焦慮；如果是過往的我，傳了星星照片後應該會戰戰兢兢、盯著訊息旁的記號還在不在，不斷想著對方是否已讀！

就算在車裡反覆聽同一首歌，我想起來的歌詞只有一句。

『人生怎麼能更完美。』

我還沒經歷完美的人生，甚至沒看過，應該說我根本沒有認真思考過人生。比起黑暗的巷弄，更可怕的是那傢伙忽視我傳送星星照片的心意，我催眠自己傳訊息不是為了得到回覆，但那其實是謊言。

我走得很慢，明明是熟悉的街道，今天卻特別陌生。去訓練時都會經過這條街，但腦袋裡總是想著訓練內容。我第一次發現，大馬路旁的蔬果店老闆戴假髮、香奈兒美容院的院長養了那麼多多肉植物，還有開蔬菜店的兩個年輕老闆原來是雙胞胎，正在用蒼蠅拍搧風的人是弟弟。

不知道是不是晚餐有點鹹，我突然感到口渴。雖然要繞路，但我還是朝奇蹟便利商店走去。夜晚的空氣很涼，我張大嘴巴，發出聲音吸了一口氣，並且把力量專注在丹田上。

「你在幹麼，吸氣吸得像金魚一樣？」

具本熹從黑暗中出現，似乎剛把資源回收垃圾丟到大樓後方。

「我在吸夜晚的黑暗。」

「為什麼？」

「我希望快點天亮。」

雖然我的語氣輕鬆，但卻是真心的。黑暗中，我的牙齒還是像路燈一樣耀眼吧？我第一次祈求天快點亮，我想要再挑戰一次，於是我用心慢慢說明了理由——

我一定要見到權在薰、表達我的心意。

「在黑暗中，感覺比較寂寞。」

如果天亮了他還沒有回，我要傳給他日出的照片，當我這樣下定決心時，卻被毫不留情的吐槽。

「放屁。」

具本熹果然是具本熹，一點都不浪漫。我一腳踢開便利商店大門走進去，喵喵看到我，立刻跑來，而且還是從櫃檯上跳下來的。跳躍和著地動作很完美，圍在脖子上的便利商店圍巾也很適合牠。

「歡迎光臨。」

倉庫裡冒出熟悉的面孔。

「喔？你是……」

和我對到眼後，那個人點點頭，又繼續擦拭飲料冰箱——是在便利商店偷東西被抓到的男孩。

「不是不能雇用未成年嗎？」

我小聲對走進櫃檯的具本熹說。她明顯的嘲笑表情，讓我心情變得很不好。今天，她嗤之以鼻的聲音特別明顯。

「放屁。也是，你除了運動什麼都不懂，你怎麼知道雇傭的事情。」

她說得沒錯。我只能閉上嘴、瞪著她的壞嘴巴，甚至瞪到眼睛痛的程度。

大片抹布碰到我的腳後跟，原來是我們對話中的主角——那個男孩。

「經理安排我在這裡工作，因為我沒有父母親，她當我的保證人。」

「保、保證人？」

大概是把我的反問當成驚歎，男孩沒有解釋就轉身離開，而我只是呆呆的看著他的背影。聽到具本熹說打掃完就快點下班，男孩立刻行了一個教科書中標準的禮，打完招呼後就消失在店外的黑暗中。

聽說他和外婆住在一起，具本熹漫不經心的說了一句：「我被他沒有父母的話迷惑。」但我很清楚她的為人，她一定是面無表情的說：「你從明天開始來上班。」雖然只有一句話，但背後隱藏的卻是她寬大的心胸。我不想表露出我知道她那溫暖又柔弱的心思，故意岔開了話題。

「我說過，其他事情都沒關係，但當保證人就完蛋了。」

具本熹也知道我們家的情況。口渴的我打開冰箱，拿出一瓶礦泉水放在櫃檯，具本熹拿起礦泉水打了我的肩膀一下。

「完蛋你個頭，腦袋那麼清楚的人竟然還拿最貴的礦泉水？倉庫後面有開水可以喝，不想喝就吞自己的口水。」

具本熹既不浪漫也沒有人情味，還太過現實。但是，今晚具本熹確實充滿大人風範，讓我不由得尊敬起來。

訓練一直都很辛苦。這世上真的有順利、輕鬆的一天嗎？

權在薰今天也沒有來訓練中心。氣溨教練還是跟平常一樣，不斷吹著哨子訓練我們。

「我是雙人跳水，但現在要自己上去？」

聽到氣溨教練叫我去十公尺跳台進行水上訓練，讓我不自覺的回話。他明明比誰都清楚現況，卻還叫我獨自跳雙人跳水，意圖非常可疑。我很訝異他為什麼叫我做沒必要的事情。

「不跳水，是打算在一旁玩水嬉戲嗎？」
「不是。」
「上去，想像兩個人一起跳，就像融為一體般配合呼吸，也要數拍子。就算他不在，也要想像他在。」
我走上樓梯時，氣溢教練在背後說出的一句話，給了我再次調整呼吸的力量。
「你要有信心。」
明明沒有信仰，卻說了這句話。他雖然沒說要對什麼、對誰有信心，但我一清二楚。大口吸入的氣，舒暢了我的心。十公尺跳台的地板很冰，我擔心腳趾頭會縮起來，所以故意用力伸展。我把眼睛閉起來，又慢慢張開。
這是站在跳台上才能看到的世界，或許權在薰也在這裡看到了屬於自己的世界？我只知道自己眼中的世界和風景，不知道他看到了什麼、有什麼感受，也沒有問過。
『一、二、三！』

數到二之後，三才跳？還是數到三，之後才跳？我根本不記得了。我數到二就起跳，權在薰數到三才跳嗎？數到二或三都無所謂，我想像著不在身邊的他，把身體推到空中。天花板耀眼的照明、快速旋轉的身體、跳水池充滿溼氣的大玻璃窗……一切都沒有變，唯有一起跳的同伴缺席。

「No Splash（水花消失）！」

手掌穿透水面時，我聽到氣溈教練大喊。與此同時，可怕的寂靜包圍著我，冰冷的水撫摸似的抱住降落的身體。水面幾乎沒有對我的身體產生阻力，因此以可怕的速度朝地板下沉。最後，我用腳撐住池底。

『我以為人生到了谷底，但只是池底而已。』

我奮力踢腳，朝著光影波動的水面伸出雙手，接著慢慢把憋住的氣吐出來。水面上，懷念的那張臉孔正在數數，一、二、三也好，數二、三就跳下去也可以，一切都無所謂。我可以相信他一定會回來嗎？我用力伸直手指，朝向水面上的那張臉孔、穿透了瞪我的那雙眼睛。

我這輩子沒有像這樣看過別人的臉色。嚴格來說，我也沒做錯什麼，但為什麼我只能躲在一旁、無法直視他，真沒用。

『他很喜歡喝山泉水？』

權在薰出現在後山，彷彿在安靜的散步路上遇到野豬，讓我的心臟瘋狂跳動。之前邀請他時，他根本不理我，但現在突然出現，反而害我不知所措。我覺得很可笑，居然煩惱著要不要跟他打招呼，也怨恨著不知該把視線放在哪裡而到處游移的自己。結果，我只能偷瞄他用瓢子喝山泉水的樣子。

我尷尬的靠在松樹後面，觀察他的動靜。察覺到自己甚至不敢呼吸時，我覺得很丟臉。

可能是喝夠了山泉水，權在薰看了一下四周後走到雙槓前。看到他輕輕轉動手腕的樣子，讓我莫名的放心，像自動化反應那般不自覺的點點頭——那是權在薰上跳台之前的例行動作。

「喂！那是我們朴選手的訓練場地，朴選手還沒做完訓練。」

在空地搖呼拉圈的冀蒼爺爺制止了權在薰，放在雙槓上的手像是燙到似的彈開。

「朴選手……？」

「對，他叫『朴武源』，奧運跳水項目的未來之星。」

冀蒼爺爺一邊搖著呼拉圈，一邊走到權在薰身旁。不需要聽，也知道他接下來說了什麼——「你認識朴武源嗎？」「你懂跳水嗎？」等等，都是我聽了會很難為情的話，這讓躲在松樹陰影下的我更彆扭。

「朴選手來訓練時，理當要讓出這個雙槓，這是這裡的美德！」

權在薰看了一下四周，和我四目相接。我來不及調整好呼吸，只能像傻瓜一樣揮揮手。還好沒說「嗨」，如果他對我視而不見，我一定更可笑，幸好他點了點頭。權在薰看著雙槓歪了一下頭——如果有不說話，也能理解彼此意思的人，就是我們——我比出OK的手勢。

權在薰跳到雙槓上，那個跳躍俐落又充滿力道。

「咳！」

我拉住冀蒼爺爺試圖上前警告的手臂。休息期間，權在薰似乎去學了雙槓，嘗試了各種動作。我聽說他的肩膀狀態並不好，但是每個動作都很俐落。

「他也要參加奧運嗎？」

「對，他比我更接近金牌。」

那是事實。仔細一想，當有人問起權在薰時，我曾經不想把他說得比我優秀。嫉妒和羨慕、自豪和妒忌，這些錯綜複雜的情緒陪伴我一起長大；然而，這些情感是不是理所當然又自然？

「嗯……他也挺厲害的。」

權在薰用肩膀把自己推向天空的動作，讓我移不開視線。他像是在跳水池般，把身體推到空中後著地；直到落地了，也沒有把緊貼著頭高舉的雙手放下來。如果是在跳水池，肯定是「No Splash（水花消失）」、「Rip entry（無水花入水）」。

真討厭，就算無故缺席、根本沒出家門一步，他的動作依然那麼直挺挺。管他是不是低潮，曾是明日之星的人，天分不可能那麼快消退。

鼓掌聲打破了我和他之間的緊張和尷尬。

「太棒了！你也加油，你跟朴選手一樣厲害。」

冀蒼爺爺明顯的偏愛，讓我面紅耳赤。

『主動去跟他聊天比較好吧？』

我怕拖拖拉拉會顯得更可笑，也無法厚著臉皮不理他，畢竟都傳滿天星光的照片給他了。為了來這裡，他應該鼓起不少勇氣。

他似乎知道我在這裡才來的，我卻畏畏縮縮的走過去……僵硬的關節真讓人無奈。

「你來啦？我叫你來的時候，你都不來。」

不過，意外的回答在耳邊揮之不去。

「因為我很嫉妒也很眼紅，對你很反感，所以故意不理你。那時候，我的心胸跟沙丁魚一樣狹窄。」

聽到他說「沙丁魚」時，我笑了出來。雖然沒有好好看過沙丁魚，但突然覺得沙丁魚很親切。我有預感「權在薰身體變成魚」的樣子，會在我的腦海中游一陣子。他竟然完整又坦白的表達了自己的心情，讓我感到驚嘆。

我們靠著松樹聊了很久，將背靠在同一棵樹上、看著同樣的天空，慢慢聊圍繞著我們的各種情緒——嫉妒、打擊、危機、不安、焦慮……

「你還好嗎？」

「縫了五針，不會死。至少要進行陸上訓練，不能輸給你。」

當然，我或權在薰都不是很好，因為我們還在長大，未來還要面對和碰撞許多無法預測的現實和結果。但如果像今天這樣，一起肩並肩，或許會好起來。

「去長青屋吧！」

以前，都是我提議去「長青屋」，不過今天先伸出手的是他。為了不讓他尷尬，我立刻握住他的手。

「要不要找羅恩江一起去？」

「當然要，要是被她知道只有我們兩個人去，又會囉嗦老半天。」

「怎麼可能只有囉嗦？你搞不好又會頭破血流。」

這點壞話，我想羅恩江也會理解。

朝山下邁出的步伐變得輕鬆許多，可能那份輕鬆也傳染給了權在薰，他竟然開了平時不常開的玩笑。他說，自己跟最尊敬的跳水選手盧根尼斯一樣頭破血流了，所以充滿了自信。

像波浪般湧入腦海的古老影片，是盧根尼斯如鳥般飛躍的跳水畫面——他盡全力彈起，頭卻撞在跳板上瞬間墜落。我無法忘記湛藍池水中的波紋被漸漸渲染為紅色的畫面，權在薰可能也一樣。他沒有來訓練、等待傷口癒合的期間，到底看了多少次盧根尼斯的影片呢？

「我是他的繼任者，也要拿金牌，和你一起。」

他故意把「和你一起」的聲音放低。那是無法抗拒的提議，讓我再次湧上一起跳水的期待。

「……好，和我一起。」

○○○○○

我也不知道為什麼會帶冀蒼爺爺一起來「長青屋」，但是回過神來，就看到冀蒼爺爺坐在我們對面，細細嚼著炸海苔冬粉捲。

「爺爺怎麼會認識她？」

接到我的通知後，羅恩江飛快跑來。見到冀蒼爺爺後，羅恩江很有禮貌的行了個禮，讓權在薰嚇了一跳。他很快就發現，羅恩江跟我一起去過後山，於是用微妙的眼神盯著我。

冀蒼爺爺看到羅恩江，歡迎的說：「哎喲，另一位金牌選手來啦？」雖然羅恩江遲疑著反問：「我、我嗎？」卻露出燦爛的笑容。權在薰很會看臉色，立刻適應了這個微妙的氣氛，熱絡的幫冀蒼爺爺擺好溼紙巾、水杯、盤子。

「多虧選手們，我竟然有幸吃到現做的辣炒年糕。」

冀蒼爺爺雙手合十，彷彿少年般虔誠的看著熱騰騰的辣炒年糕。不同於平時，我們選了大辣。通常，我們會選中辣，但大吵一番後會選大辣，那是我們之間的不成文規定。

選擇辣度之前，我們先問過冀蒼爺爺是否吃辣。「長青屋」的辣炒年糕和一般所想的辣度完全不同，也因為太辣，吃了之後常常眼前發青才會叫「長青屋」。你可能會問：「只聽過眼前發黑，哪有眼前發青的？」不過我還聽過更強詞奪理的說法——代表辣到眼睛會瘀青。

「這是地獄來的辣炒年糕嗎？」

冀蒼爺爺忍不住好奇，舀了一匙想嘗味道，卻止不住乾咳。煮愈久，感覺辣炒年糕變得愈紅了。

「放著年糕不吃是要拜拜嗎？別囉嗦了，快叫孩子們吃吧！」

店主奶奶把招待的炸餃放在桌上時，瞄了冀蒼爺爺一眼。

「老闆嗆辣的程度和辣炒年糕一樣。」

聽到冀蒼爺爺開玩笑，店主奶奶故意在他面前嗤之以鼻，而且看到爺爺不斷夾醃蘿蔔吃時，還不忘勸他別只顧著吃醃蘿蔔——奶奶討厭用醃蘿蔔填飽肚子的客人，她覺得來辣炒年糕店，就是要吃辣炒年糕。

因為太辣了，我們三個不斷喝李子汁，不過都沒有停下筷子。我們辣到不斷擤鼻涕，並回顧和反省過去。

看著我們不發一語吃著辣炒年糕的樣子，冀蒼爺爺覺得很神奇。他又夾了一片醃蘿蔔到嘴裡，慢慢嚼了很久之後才開口：

「嗯，所以這場仗的結果，是要看誰能戰勝恐懼。」

這句話隱藏著微妙的弦外之音。雖然沒頭沒尾的，也代表他神通廣大到可以洞察一切。「戰勝恐懼」這句話，代表要忍住眼前辣炒年糕的辣味，也代表身為跳水選手的我們，先戰勝恐懼的人就能邁向成功之路。

「爺爺，他們兩個要進行雙人跳水卻吵架了。」

羅恩江滔滔不絕的對冀蒼爺爺打權在薰和我的小報告。雖然是在說我們的壞話，但不知為何讓人覺得輕鬆了一些，我在桌下動了動腳趾。

『羅恩江，不該找妳來的，別亂說話。』

沒有人比我更了解權在薰的眼神代表什麼意思，我也微微點頭表示同意。

「一起跳水的朋友，好的壞的都經歷過。接下來，不論遇到什麼都能克服呢！」

冀蒼爺爺下了簡潔的結論。他說，曾經拿過槍的人可以輕易看透人生；也說過，曾面對極端狀況的人，不論是多惡劣的情況也不會跌落谷底。

在後山取水處遇到冀蒼爺爺三、四次之後，有一次，我厭倦了訓練時必吃的雞胸肉，轉而分送給冀蒼爺爺。他說不能白吃白喝，便告訴了我一些以前的事。當我抱怨訓練快累死時，他斥責我要盡全力應戰。

「那時，我也斥責那個朋友要盡全力應戰，我以為那樣說他就會活下來……可是並沒有，他殉職了。戰爭結束後，我造訪了他的老家。他一直炫耀自己有個妹妹，因為父親不在，要代父職照顧她，希望她未來嫁到好人家、被人疼愛、過好日子……」

冀蒼爺爺根本沒有好好嚼雞胸肉。當我問是不是不好吃時，他哽咽了——一定是想到過去的事情。就像看著古老的黑白電影，我腦中浮現了冀蒼爺爺故事裡戰死的朋友，和他年幼的妹妹。

「那位結婚了嗎？」

我做了奇怪的想像，搞不好冀蒼爺爺的太太就是那位戰友的妹妹。

「我代替她哥哥，把她嫁去好人家了，她遇到跟她哥哥一樣的好男人。」

那天，我看到了開朗的冀蒼爺爺的另一面。我想每個人的心裡，都存在著大大小小、無數個房間，裡面有各種深沉和無解的故事，就刻在骨肉裡。

「繼續加熱下去，舌頭就著火了。選手們，不可以拿到金牌之前就昏倒。」

冀蒼爺爺關上爐火豪氣的笑了，他可能很滿意自己說的玩笑，甚至對我們豎起了大拇指。

「別擔心，盡情吃吧！你們已經很棒了。」

冀蒼爺爺表示，沒有比「將槍口朝向人」更糟糕的人生。被無數情緒波及且擺布的我們，應該不算什麼吧？冀蒼爺爺說，他為了不讓別人過糟糕的人生，才會賭上性命背起槍桿。

我很謝謝冀蒼爺爺，都怪辣炒年糕太辣了，鼻尖才會一陣酸楚。

「團隊合作。」

權在薰把裝滿飲料的杯子推到我的手肘旁。他大概是把剩下的飲料全倒進我的杯子裡，羅恩江才會為了再拿一瓶，起身走向冰箱。

10 勝負，就在感受到水流的剎那

「二、三，Go！」

權在薰和我，彷彿從出生就是一體，動作完美契合。兩個人說好的口號是數完三之後喊「Go」並且起跳。

站上跳台、一同踏出左腳的瞬間，就會在心裡開始數「一」，接著如流水般異口同聲喊出：「二、三，Go！」起跳的節奏加快，腳步也更穩固，而比那更穩固的是我們的心。

「跳台上只有我們兩個，在這裡可以依靠的只有你。」

權在薰再次回到訓練中心的第一天，我對他說了這句話。我沒有期許一起創下偉大的紀錄，只希望共同擁有我們看到的風景。為此，我們必須信任彼此。前往跳台盡頭的腳步永遠沉重得可怕，但只要兩個人在一起，獨自承受的恐懼也會被分攤，沒什麼好怕的。

「手肘，Switch on（啟動）。」

「OK，Switch on！」

手掌穿透水面，手肘感受水流的剎那，立刻分出勝負。

我們選擇了不簡單的動作組合，往前轉兩周半接轉體動作，三．九的難度不是開玩笑的。權在薰歸隊之後，我們每天都一起進行體能訓練、技術訓練和陸上訓練。

「你真的還好嗎？」

聽到我擔心的詢問，他把頭湊到我的鼻子面前。

「喂，朴武源，我只是頭受傷，實力沒有退步好嗎？你才要好好跟上。」

幸好，他再次變回我認識的那個權在薰。我們的競爭對手不再是彼此，兩個人完美同步，是我們的新目標。不到兩個月就是全國大賽了，那是可以證明自己、證明我們的機會。

爸爸消失了。我單純的以為，他只是為了整理複雜的思緒，出去吹吹風而已，但我誤判了。爸爸離家四天之後，媽媽蹲坐在門口說聯絡不上爸爸。湊巧的是，爸爸那雙鞋底磨損的運動鞋，就孤零零的擺在門口——腳後跟都塌陷、皮也磨破了，真是慘不忍睹。我用手摸了摸鞋面，上面的皮如粉末般落下，大概是合成皮吧。媽媽看到後就哭了起來，她是不是覺得，碎落的粉末就像爸爸？

報「失蹤人口」時，我很不知所措。

「是，是成年男性，年紀是……」

最後，則是由具本熹報案。她看著我，用口型問：「年紀？」糟糕，我不知道爸爸確切的年紀。

「四十九歲。」

正在啜泣的媽媽，忍住淚水一字一句說出來。具本熹一邊和警察通話，一邊仔細寫著筆記。我看著她在紙上迅速寫下訊息，明顯突出的手指關節忙碌的移動，長繭的那雙手彷彿可以幫我找到爸爸。

「以後怎麼辦？」

哭到沙啞的媽媽好不容易說出話來，具本熹拿了一杯溫水給她，並用冷靜沉穩的表情說：

「現在只能等待，我去工作了。」

我本想暗罵她無情，但她走出去後卻又回到家裡，抱住在沙發上發呆的媽媽。

「叔叔一定會回來。放著溫暖的家，他還能去哪裡？」

我第一次知道我們家很溫暖。對我來說只是普通的家，但具本熹口中的「我們家」，是溫暖到出門就很想快點回來的地方。聽到具本熹說「溫暖的家」時，媽媽哭得更大聲了，第一次看到媽媽嚎啕大哭的我不禁手足無措。

具本熹出門後，我和媽媽什麼都不能做，燈也不開一起坐在客廳沙發上，看著窗外夜幕低垂的風景。我打破沉默開口：

「媽，爸啊……不會去河邊吧？」

雖然說的是「河邊」，但我腦海裡浮現的是「漢江」[1]。對目前的我來說，這

1 朝鮮半島的主要河流，流經首爾。

是不吉祥的單字。
「應該不會去那裡，你爸……怕河，他怕水。」
媽媽看著正前方，似乎正瞪著放在電視櫃角落的家族照。
「爸怕水嗎？」
怕水的爸爸竟然還教我游泳和跳水？他不是一直強調健康的生活和水息息相關？爸爸真是吹牛大王。為了健康養大我這個早產兒，牽著我的手走向游泳池的人是爸爸、把害怕的我丟進水裡的也是爸爸。可是他自己卻怕水？主張「健康＝游泳」這個絕對真理的爸爸，竟然是怕水的人，這實在讓我說不出話來。
「他絕對不會去漢江，所以你不用擔心。」
聽到媽媽斬釘截鐵的聲音，一股怒氣湧了上來。不過看著緊握著裙角一動也不動的媽媽，我意識到她說的「絕對不會去漢江」，更像是祈求爸爸平安無事的咒語。
「我下週有比賽，是『道[2]代表選拔賽』，希望爸能看到……」
「你的比賽，無論如何他都會去，他一定會在那之前回來。」
我還是個孩子，無法了解當「貸款保證人」有多嚴重。雖然誇口說自己已經十七歲了，但還沒有大到可以負擔家裡的債務。除了報案和等待之外，無計可施，也讓我無力到了極點。

我努力假裝鎮定，但腳卻不斷發抖。爸爸一直很討厭我抖腳，還說「男抖窮」，但變窮的原因不是來自抖腳，而是保證人。當初爸爸輕描淡寫說要收掉工廠時，我和媽媽雖然有點擔心，但也沒想太多，認為爸爸會自己想辦法。

「傳個訊息給他，雖然他未必會現在看，但總有一天會讀的。你爸無法關機兩天以上，我用剩下的債打賭。」

我今天才知道，媽媽是這麼幽默的人，甚至懷疑她剛剛是否真的放聲痛哭過？但我知道，媽媽是努力想用玩笑穩住情緒。想到這裡，我的心更不好受。

我真的太不了解爸和媽。我整天只關注著國家代表隊、訓練和排名，根本不知道爸媽用什麼樣的心情生活。「不孝子」的定義，應該可以直接寫上「朴武源」三個字。

像雕像般絲毫不動的媽媽突然站了起來。

2 「道」為韓國的一級行政區。

「去哪裡？」

「做飯。」

爸爸消失的這一刻，媽媽還想著要照料家裡的三餐，真讓人佩服。剛剛失神、放聲痛哭的樣子，簡直就像是一場夢。

「惦記著不在的人也沒用，我總要讓你吃飯。當主婦這麼久，你以為……」

媽媽的聲音愈來愈小，雖然看起來又累又孤單，然而洗米的動作卻很堅決。菜看還沒擺上來，我就知道為了配合我的訓練，媽媽準備了有豐富蛋白質和維他命的一餐。

爸爸沒有讀我傳送的訊息。

『傳個訊息給他，總有一天會讀。』

媽媽是最了解爸爸的人，我決定聽她的話。只要爸爸回來，就算已讀不回數十次、數百次也沒關係。我傳了比一百句話都強烈的訊息給爸爸。

畢業的前輩曾經說，我們活著時一直品嘗著地獄的滋味，所以死掉一定會上天堂。

做重量訓練時，我深刻領悟到這裡就是地獄。我是自願走進這個地獄的，沒辦法怪別人。但是愈接近比賽，訓練強度愈是邁向高峰，而爸爸離家的沉重負荷，也壓在我身上。

做划船機訓練時，我滿腦子想著「究竟為什麼要拉這個？」但也無法停下來。兩千公里是會讓人發瘋的距離，每次吐氣，都感受得到強烈運動過後的甜味；這時候，飆髒話是基本配備，如果不罵出來，會有大腿著火的錯覺，我甚至想哀求著讓我跳水。

「出了什麼事嗎？」

我騙不了動態視力[3]出眾的權在薰，而現在，他還升級到有能力洞察人心。

3 觀看正在移動或是運動中事物的清晰度。

「我爸消失了。」

「什麼？」

認識他這麼久以來，我第一次看到他這麼慌張的表情。

「又不是青春期……但是消失。」

我真的無力運動，比賽中最重要的是心理素質，但我已經被打擊得差不多了。權在薰放下手上的槓鈴走到我身旁，最不喜歡個人訓練被打擾的他，竟然因為我的一句話放下槓鈴，真是讓我感動。

「怎麼辦？有沒有我能幫忙的？」

他所說的話，散發著搭檔的氛圍，一絲光線照進了我地獄般的腦海。

「不知道，我沒有想法。」

雖然學過「三個臭皮匠，勝過一個諸葛亮」，但不適用於我，短暫的光線就那麼消失了。比起腿部推舉機的重量，我的腦海更沉重。

「喂，兩個臭小子！現在還一起偷懶嗎？」

氣溦教練一出場，我們立刻別過頭去。被他逮到的話，就會用莫須有的罪名追加訓練項目。正擔心權在薰會因為我掉入更深的地獄時，氣溦教練說了近乎奇蹟的話。

「嗯，根據我的經驗，爸爸們比想像中沒地方可去，所以啊……我爸偶爾也會逃到汗蒸幕[4]。」

我的腿突然鬆卸下來，地獄般的重量脫離了大腿，直接刺進了心臟。

○
○
○
○
○

消失後去的地方竟然是汗蒸幕！爸爸還真沒創意。我該稱氣滅教練是神嗎？還是乾脆叫他去擺攤算命？

爸爸待在離家只有三站距離的汗蒸幕，如果想躲起來，應該盡可能跑到很遠的郊外吧？幸好，搜尋家附近的汗蒸幕時，我決定先去「看起來最不錯」的地方，沒想到就找到了爸爸。

我真厲害，竟然從猶豫著要喝甜米露[5]還是水正果的扁塌後腦勺，認出了爸爸。

4 類似三溫暖的設施，可以過夜，比起旅館或其他住宿設施便宜。

我不想讓爸爸尷尬，因此自然的靠過去說：

「我要甜米露。」

爸爸驚慌失措的回過頭，他看著我緊盯菜單上的甜米露，於是點了兩杯。寬大的場地中央矗立著大柱子，我們在柱子後方找了個位置坐下來。

找到爸爸、坐下來之後，我想不到該說什麼，只能不斷喝著甜米露。我不停喝著，漸漸感覺不到甜味，就像爸爸為我做的一切——太過熟悉到變得理所當然。

我喝完甜米露，但還想不到該說什麼，我和爸爸之間流露著尷尬的氣氛。我偶然看到爸爸的腳，突然笑了出來，他蠕動腳趾的樣子跟我很像，連左腳大拇趾旁芝麻般的黑痣也一樣。我勉強忍住笑意，但爸爸卻突然沒頭沒腦的問：

「你不怕嗎？」

我想，他問的是我的人生，那個站在跳台上岌岌可危的人生。

「有什麼好怕的？又不會死……」

雖然我豪放的笑了，但那是因為適應了才比較不怕。這世上沒有不可怕的跳水，尤其我要面對的比賽，不只要盡全力，還必須賭命跳下去。

『如果沒有自信一天跳一百五十次，會怎麼樣呢？』

正式開始跳水之後，才沒兩天，我就問了自己這個問題。我把成為職業選手要承受的跳水次數設定在一百五十次，卻又因為無解感到煩悶。

我什麼都不懂，就進入了這一行。小時候喜歡水，因為進到水裡就沒有人妨礙我，也聽不到惱人的噪音。我愛上湛藍的寂靜，因此待在水裡的時間愈來愈久。我盲目的模仿朋友跳水，卻變成了我的出口和新的開始。這個挑戰看起來很酷，加上可以做到其他人無法輕易達成的事情，讓我愈來愈自豪，從一公尺開始的跳水生涯，在國中到達了十公尺。

高度愈高，恐懼感和成就感也相對變高。我無法放棄穿透水面時的感受——從手肘盡頭傳來的顫慄——但持續的挑戰讓我存活下來。不過當目標漸漸提高，更多時候，恐懼感多過於成就感。

我很害怕我的手肘，入水失誤或順利的瞬間，都是手肘最先知道。

5 將糯米發酵製成的韓國傳統飲料。

『沒有人的人生是輕盈的，唯有跳水的那一刻，我們要變得無比輕盈。』

一上高中，我就搞砸了全國大賽。在淋浴間角落暗自垂淚時，氣識教練對我說了這句話。他又沒有參加比賽，卻脫光了在我身邊洗澡——其實那樣有安慰到我。

我不經意的回頭看了氣識教練，發現他淋浴時也踮著腳。

「看什麼？你是變態嗎？」

當他確認我的視線定在腳尖時，便調皮的反覆落下又提起腳跟。

「這是習慣，我一輩子都站在跳台上，現在依然會把重心放在腳尖來確認自己，而且這樣可以鍛鍊小腿肌肉。」

一想到這份用心造就了今天的他，尊敬之心油然而生。我也不由自主的跟著踮起腳——小腿緊繃吃力，肌肉的細微顫動撫慰了心臟。

我決定告訴爸爸我的祕訣。

「爸，如果覺得很辛苦，就踮起腳。」

「嗯？」

我以為爸爸會說我腦袋有問題，但他意外平淡的問我那有什麼好處。雖然他還咬著吸管，但我知道他早已喝光了，因為不知如何度過這段尷尬的時光，才會無故折磨著吸管。

「站在跳台盡頭，朝空中起跳時，最需要平衡感、需要保持平衡。踮腳時小腿會用力，那個力量會堅定我的身體和精神。」

「所以呢？」

是我的錯覺嗎？爸爸的眼眶紅了，充血的眼睛彷彿讓我一窺他辛苦的人生。

「那麼，就會變得什麼都不怕，我就不怕往下跳了。」

這世上有不讓人害怕的人生嗎？十七歲的我，不了解爸爸和教練有多沉重，但我也承擔著我該負起的恐懼和重量，所以我也希望爸爸好好撐下去。

爸爸突然站起來，雙手扠在腰上，發出「嗯……」的聲音並踮起腳。穿著汗蒸幕短褲的小腿肌肉收縮著，腳尖開始發抖、站不太穩，可是爸爸沒有放下腳跟。他暫停呼吸，再次用力，踮著腳支撐身體，小腿肌肉隆起。

我鼓起掌來。在我轉換成跳水，從一公尺跳板入水成功時，一旁觀看的爸爸不斷鼓掌到手都發紅了。

「你踏入了我不知道的世界，兒子，我以你為傲！」

我是爸爸引以為傲的兒子，我不知道現在還是不是，不過爸爸一直在背後支持我，現在該輪到我了。

「別待在這裡了，回家吧！」

踮著的腳尖晃動，腳底落回地板。

「我哪有什麼臉……」

出來找爸爸時，媽媽在背後呢喃了兩句。原本我決定不說的，但現在改變了主意。

「爸，媽說汗蒸幕不是免費的，反正爸的臉在當保證人時已經丟盡了，叫我告訴你不用擔心。」

我原以為，爸爸聽到保證人時會生氣或意志消沉，沒想到卻放聲大笑起來。聲音大到周圍的人都回頭看我們，爸爸對嚇呆的我伸出手。

「走，我們回家吧！」

我握住了爸爸的手，爸爸的臉可能在當保證人時丟光了，但幫我搓背的那雙厚實的手還在。我像個不懂事的小朋友，將體重全都壓在爸爸手上並站起來，爸爸因為我的重量晃動了一下，但沒有放開。

「你媽……還好嗎？」

脫下汗蒸幕的衣服時，爸爸問我。我露出牙齒微笑，親切的回答：

「媽說到家時，叫爸把半條命放在門外再進來。」

不知道為什麼，爸爸笑嘻嘻的用雙手揉了揉臉頰，我喜歡他這個樣子。

「爸，把半條命放在門外之前，先喝個香蕉牛奶再回去好嗎？」

小時候，我會被帶去澡堂泡熱水澡軟化皮膚並且搓澡，那對我來說簡直就是酷刑，老是哭哭啼啼的說這樣會剝了我一層皮。不過每次洗完澡，爸爸就會把香蕉牛奶塞進我手裡，這次該輪到我了。

「我當保證人變成了窮光蛋，沒錢買香蕉牛奶。」

我拉著爸爸的手走到冰箱前，拿出香蕉牛奶放在爸爸手裡，就像爸爸以前做的那樣。

我們開心的走在回家路上，香蕉牛奶喝完了卻遲遲沒有丟掉，一直緊握在手中。

不只迴轉的周數，就連轉體的角度、腳尖到手掌，都全部一致。雖然我們是兩個人，卻如一體般跳水。儘管是辛勤練習的心血結晶，但是像我們這種雙人跳水的選手，大家都一樣——最終分出勝負的關鍵，在於心理素質，而我們的心理素質愈來愈強壯。

我們看著羅恩江拍的影片，確認動作。

「上半身的角度有點不一樣，你要不要再往左邊多轉一點？」

死盯著影片的權在薰，讓我以為他的眼睛要射出雷射光了。他全神貫注的觀察，看著我們的轉體動作緊緊皺起眉頭。

「喂，哪有不一樣？如果沒有頭髮般……不、微米、奈米的差異，我們還是人嗎？」

「嗯，是嗎？」

「那當然了。權在薰，你看看我。我的腰比你長，所以那是錯覺，我們表現得很好。」

這麼一想，青春期時，我曾經因為身體變化而非常苦惱。當時權在薰無所謂的隨口說了一句，但多虧那句話讓我釋懷了。

『細長的腿也沒用，依我來看上半身要長，所以最好的情況是腰要長一點，就像你一樣。』

他說的話乍聽之下讓人很不舒服，但仔細回想，這就是權在薰式的鼓勵和支持。原本，我對無法控制的身體變化不知所措，是他的話讓我冷靜下來、慢慢觀察自己——長腰、粗腳踝，還有額頭上的青春痘，組成我這個人的一切，都是有理由的。

「上半身修長，可以讓空中動作更明顯；粗腳踝，可以在跳台上穩穩站著。」

權在薰若無其事的說著。我真的很討厭這樣的他，天大的煩惱從他的嘴裡說出來，都變得一點也不重要，我覺得自己杞人憂天、很小心眼，真是煩躁到了極點。

「喂！那你怎麼解釋額頭上的青春痘？」

我用這個問題突襲他，但權在薰只是盯著我額頭上小青春痘。真討厭，他光滑的額頭一點瑕疵也沒有，莫名的自卑讓我咬了咬牙。

「喔，那個，青春痘呢……代表你的荷爾蒙旺盛。朴武源，你正在健康的長大。」

「真是的，胡說什麼？」

結果我笑了出來，權在薰說的話就跟阿伯一樣，把我的缺點化為優點。用他的話來說，我正經歷著還不錯的青春期。

透過不斷的往下墜落，我成長為更堅定、更好的人和選手。「墜落」也代表擁有拋出一切勇氣和膽量，賭上自己長久付出的信念一躍而下。

為了再次跳躍，我走上樓梯，視線定在前頭的權在薰屁股上。不知不覺間，他換成了跟我一樣的花泳褲，羅恩江還嘮叨過前幾天晚上權在薰傳的訊息。

『朴武源，權在薰瘋了。大半夜來問我，你那個花泳褲是在哪裡買的。』

權在薰邁向十公尺高的沉穩腳步，還有結實的屁股……全都開滿了花。我只想全心全力，和他一起走「花路」。

「權在薰。」

雖然我經常叫他，但這一刻，我用緊張到靈魂顫抖的心情呼喚了他。離地面十公尺高的地方只有我們，在跳台盡頭肩並肩站著。

「幹麼？」

如果有一天，我必須退出跳水選手生涯，我想平靜的接受，然後告訴一起度過跳台時光的權在薰，深藏在內心的這句話。

「我想看到的不是金牌，是你堅定的意志。」

面無表情的他，臉上泛起了細微的變化，溫柔蕩漾在他的眼角和嘴角。

「別擔心我堅定的意志，一、二、三！」

Go！天空和湛藍的水湧入我們懷裡，不需要害怕，也不需要因恐懼用力縮起腳趾，因為我的身邊有他。

11 跳水生命中的旋風

吹起了一陣旋風。我想用比「旋風」更重的詞，但以訓練為藉口而疏於念書的我，找不到更好的方式形容。總之，因為權在薰爸爸的出現，我的大腦和心都亂成一團，所以也不能說不適合。

比起其他選手，權在薰和我搭配的時間沒那麼長，必須花更多時間練習。大家回去之後，在氣渁教練的特別照顧下，我們用彈跳床加以訓練，並且漸漸減少失誤。

「二、三，Go？」

做轉體動作時，我的視線盡頭捕捉到陌生的身影。

「下來。」

沉穩的低音充滿了力量，令人無法抗拒。雖然不是對我說的，但我也放棄了並不完美的空中動作，站到地面，小心翼翼且遲疑的看著陌生男人。

「是誰？」

權在薰無所謂的慢慢解開固定在腰上的保護帶，然後說了不可思議的話。

「我爸。」

在薰爸爸穿著一看就知道很高級的西裝，似乎不是帶著善意而來。他朝我們……不，朝權在薰走來的腳步冷酷無情，每一步都刮著冷風。權在薰似乎正等著這一刻，一臉「該來的總算來了」的表情，站在原地按兵不動。

「你為什麼換項目？是因為你的實力不夠吧？」

在薰爸爸說出了我意料之外的話語。如果是開玩笑，我還能笑著帶過，說：「原來是這樣啊？」但他們兩人之間的氣氛不太尋常。

「你不是說絕對不會有低潮，絕對會第一個掛金牌回來。結果，靠自己的力量辦不到？是這樣嗎？」

我隱約覺得不舒服，他的話聽起來像是「獨自」掛金牌，「獨自」受到注目才是最棒的，是我理解錯了嗎？

雙人跳水比單人跳水難上一倍，身心要完美的和另一個人形同一體。除非是雌雄同體，否則世上沒有百分百完美的動作。我在一旁聽到在薰爸爸的話有許多錯誤，想要適時修正。

「那個，在薰爸爸。」

我好不容易鼓起勇氣叫他，他卻只是狠狠的盯著權在薰。

「在薰是最頂尖的選手，不需要懷疑他的實力。」

這時，在薰爸爸才轉頭看我。為了表示善意，我露齒對他微笑，但他瞬間讓我覺得自己是傻瓜。

「所以呢？」

在薰爸爸跟我說：「所以呢？」這代表什麼意思？要我繼續多做說明，還是警告我閉嘴？

「在薰爸爸，不能穿鞋子進訓練中心。」

氣溨教練說話了。氣溨教練還能搖身一變成為救世主？我差點就躲到教練背後。我很好奇，用「不能穿鞋子進訓練中心」來先發制人的氣溨教練，接下來會有什麼出人意表的高見，不過氣溨教練最討厭別人在一旁湊熱鬧了。

「你們兩個先走。」

不同於鄭重行禮後才轉身離開的權在薰，我竟然愚蠢的問了一句：「去哪裡？」才被權在薰拉著離開。遇到這種情況，也該解釋一下啊。但權在薰就是權在薰，只是默默走著，什麼也沒說。跟在他後頭的我，想著要一一解開疑問。

「喂，你爸爸……做跟跳水相關的工作嗎？」

我想起曾經看過和跳水有關的日本電影，主角朋友的爸爸，是傳說中的跳水選手。

「不是。」

「那是跳水選手嗎？」

看到他悶不吭聲，我真的快瘋了。我跑過去跳上他看似寂寞的背上，我以為他會把我甩下來，沒想到他就那麼背著我。小學畢業後，再也沒有開過這種玩笑了。

「我爸……是巴不得我得到金牌的人。」

我第一次聽到這種形容——巴不得得到金牌的爸爸。不過那一刻，我的腦中也浮現那個巴不得我得到金牌的人，而大聲笑出來。

「我身邊也有那種人。」

話才剛說完，他就立刻放開扶著我的手，讓我掉下去，接著急忙問我是誰。

「我爸。」

○○○○○

爸爸們都是這樣，似乎不知道該如何漂亮包裝自己的欲望，用更溫和、優雅的方式，包裝一下自己的夢想、期待、貪心、支持。這樣一來，就不會讓世上的兒子那麼悲傷。

「他和我，只是方式不同……別不知分寸了，快回家。你怎麼會乖乖跟著武源回來，還想隨便住在別人家裡？」

權在薰說不想回家，我出於擔心，就硬把他帶回來。然而，大致了解原委後，爸爸卻完全不理會我的解釋，直接訓斥權在薰。我回嘴說，權在薰為什麼要回家；結果爸爸說我們的藉口沒有起承轉合，一點也不精采，跟老套的電影情節一樣無聊。

爸爸太不通人情了，明明自然的就讓具本熹住下來，為什麼權在薰就不行？當我問有什麼不一樣時，爸爸的回答讓我更尷尬。

「為了躲避天然災害，和為了逃避父母，怎麼會一樣？」

姑且不說尷不尷尬，我對權在薰真的很愧疚。但我不知道他是真乖，還是礙於自尊心，居然什麼也沒說只是默默聽著，甚至還直挺挺的跪坐著、雙手有禮的交疊著。

權在薰今天真的發生了很多事。我沒仔細了解過他的煩惱，還到處說他是我最好的朋友，這樣的我真是厚顏無恥。我終於理解他的指甲為什麼永遠那麼短了，也後悔取笑過他：你有別人遠遠不及的實力，為什麼還需要咬指甲。

我好想消掉取笑他「指甲又短又醜」、「你缺愛嗎？到底有什麼不滿？」等亂說話的記憶。那時的權在薰怎麼回我呢？我依然清楚記得，他說：「可能是、可能是。」那些畫面就像照片般，鮮明的映在腦海裡；大概是他的聲音聽起來有點哀傷，我才會記得那麼清楚。那傢伙每天都在督促自己吧，因為有過人的天分，還必須生活在「創下佳績的壓力，以及認為那是理所當然的爸爸」之間！

金牌就只是金牌而已。但我不知道他爸爸想要的金牌，為什麼和我爸夢想中的金牌不一樣。同一個世界下，也會有兩種不同的金牌？

『我從來沒有實現自己的夢想。』

這不是跳水菁英該說的話。面對這個說「照著爸爸的期待站在跳台上、盯著前方奔馳到現在」的傢伙。我該露出什麼樣的表情，才能安慰他呢？他沒有考慮過自己的夢想，所以最害怕的就是擁有其他夢想。因此當低潮來臨時，他甚至想過是不是死掉比較好，聽到他的真心話，我覺得很訝異。

「如果不想被我教訓、真的很氣你爸爸，就不要離家出走，好好報復。」

「什麼？報、報復？」

聽到爸爸對權在薰說的話，我嚇得一把抓住胸口。我爸才有問題吧，勸說的話那麼多，居然叫他報復自己的爸爸。但是聽到這麼驚人的話，權在薰卻動也不動，連眼睛都不眨一下，像是在專心思考著。爸爸就這麼看著權在薰，彷彿要看到他下定決心的那一刻。

權在薰站了起來，我也不自覺的跟著站起來。接著，他對爸爸禮貌的彎腰行禮。

「謝謝，那我回去了。」

權在薰就像有教養的讀書人那樣，低沉卻堅定的道別，聲音迴盪在我的胸口。是我看錯了嗎？爸爸臉上掠過一抹微笑，那是滿足的微笑，沒有擔心的神色。

「好，慢走，以後歡迎來玩，但不是這種情況。」

爸爸誇張的揮揮手，叫他趕緊離開。這時，媽媽出現在爸爸的背後。

「去哪裡？就算走也得吃完飯再走。」

不論犯了什麼錯，都不能餓肚子，這是媽媽的堅持，也是她的人生哲學。這都是我的緣故，身為早產兒，我好不容易才保住了一條小命，所以人生中最重要的事情就是吃飯。

「好的。」

原以為權在薰會拒絕，說不用了，但跌破我眼鏡的是，他再次坐了回去。他和爸爸對到眼後，有禮貌的低下頭來——我好像發現了他新的一面，真有趣。今天的權在薰可能想一反沉重的心情，變得輕鬆一點。

彷彿辦晚宴一般，媽媽擺出了陸海空各種食物——她可能暫時忘了家裡的經濟情況——說得誇張一點，菜肴多到快把桌子壓垮了。權在薰也知道當保證人造成的窘況，因此坐在餐桌前的他，似乎深受感動。他把雙手合十，虔誠的慢慢看了一圈桌上的菜。

「朴武源，全都是我喜歡吃的。」

「什麼？你敢吃辣拌斑鰩[1]？」

權在薰用手肘頂了我一下，靠過來低聲問：

「哪一個是斑鰩？」

不知道哪個是斑鰩，還說全部都喜歡，他是開心到昏了頭吧。回想起來，他幾乎每次都是吃速食——國中進行訓練時，我吃著媽媽準備的牛肉豆皮壽司、三明治或海苔飯捲，他卻總是吃漢堡或泡麵。

看到滿桌菜肴後，爸爸囉嗦了兩句，媽媽反諷說當保證人還敢大聲，於是爸爸回說何必給離家出走的人吃這麼多，最後氣憤的補上一句：「怎麼可以拿出斑鰩！」但媽媽用鼻子哼了一聲，拿出冷凍起來的雜菜加熱。我雖然假裝沒事，卻突然有點害怕，這樣下去房子會不會也沒了？

聽說當保證人後，房子會被貼上扣押的封條，一夕之間就要住進沒有窗戶的小房子裡，然後說：「從現在開始，我們要住在這裡。」之類的話。可是現在，圍坐在餐桌前的我們非常和平，有熱騰騰的湯和飯，以及雖然不太適合目前的處境，但都是聯想到宴會的滿桌菜肴。

我夾起紅通通的辣拌斑鰩放在權在薰的飯上，他頭也不抬的一直吃。我有點懂為什麼有些人會說「明明沒吃，卻有點飽了」。為了以防萬一，我把水杯推到他的碗旁。

我真的很討厭哭，不論是男人哭、女人哭，甚至是動物哭。羅恩江哭了，因為練習時扭傷了膝蓋。雖然我們身上都有大大小小的傷，但比賽前受傷卻是難以承受的痛。不過羅恩江哭的理由讓人很無語——她說夢見自己變成了麻花捲，還痛哭著說是起跳後，準備做第一個空中動作時變成的，所以早就知道自己的膝蓋會扭傷。

雖然很想忍住笑意，但我失敗了。看到我笑出來後，羅恩江邊罵邊哭。那天是

1 斑鰩身體裡的物質分解後，會釋出氨氣（阿摩尼亞），因此很多人不敢吃。雖然有最臭食物之稱，但也是老饕的最愛。

很神奇的日子，哭聲、罵聲，搭配著快要斷氣的數數聲，形成了奇妙的和音。我知道，羅恩江是藉由痛哭讓自己重新站起來。

距離選拔賽剩不到十天了，訓練中心充滿了緊張的氣氛。選手都變得很敏感，一點小事就很激動或憂鬱，日常節奏被打亂的日子，更常搞砸訓練。

「我完蛋了，不然怎麼可能做那麼詭異的夢？」

權在薰安慰著羅恩江。我被羅恩江罵的時候，他可能思考過該怎麼緩解她的不安。不過，權在薰苦思之後說出的話，充滿了哲學。

「妳不像麵團，不會軟趴趴的。」

他的話中，帶有不可能變成麻花捲的意思，也傳遞了真心的安慰，但羅恩江不領情，她凶狠的瞪大眼睛，用手指戳我們兩個。

「好，代表你們已經變成麻花捲了，是嗎？」

「我們嗎？」

權在薰和我同時開口，原來「變得有默契」就是這個意思。就像羅恩江說的，我們已經契合到可以稱為麻花捲——手、腳動作一致，最重要的，我們心意相通。

「一起邁向最高的目標。」

我們經過了無數競爭走到這一步，雖然不能說一路平順，但多虧了彼此才撐下來。每個人都想到達峰頂，為了抵達那裡，我和權在薰賭上了「一萬次跳水」的決心。我們的人生沒有那麼容易，跟其他人一樣，我們遇過無數的競爭，有時變得更堅強，有時也無止境的貶低自己一點用處也沒有。可是回過頭去，有一起流汗、知道彼此困難和痛苦的同伴，我們才能擺脫墜落的恐懼。

雖然對麻花捲夢咬牙切齒，羅恩江依舊擺好了姿勢。她或許會不斷嘗試空中轉體動作，直到滿意為止。

「權在薰，離我家兩站距離的地方有賣麻花捲，要不要買給羅恩江？」

「喂，你想死嗎？想死也等比賽後，不管是你跳下去死掉，還是去買麻花捲被羅恩江打死。我一個人又不能雙人跳水。」

權在薰也漸漸會開玩笑了，可是總覺得他的表情很認真。他說一個人絕對不能跳水，我解釋為「沒有我絕對不行」。我知道不該這樣，但窩心的感覺讓我展開瑟縮的肩膀、把頭高高抬起。

「也是，你不能沒有我。」

本來，權在薰應該露出反感的表情，沒想到竟然乖乖點頭。他太認真，害我都覺得不好意思。

「什麼嘛，你怎麼有點反常？這樣害我很有壓力。」

我故意吐槽他。我們不曾直率的表達自己的心意，多難為情啊。

「有壓力的話，幫羅恩江買麻花捲時，也幫我多買一個，我要沾很多糖的那種。」

原來權在薰別有居心，真好奇他會用什麼表情吃下沾滿糖的麻花捲。

○○◯○○

具本熹穿著正式服裝，有點不太尋常。

「妳要去哪裡？」

「看房子。」

聽到她說「看房子」，我驚訝得說不出話來。又不是電視上的整人節目，怎麼會發生這種事？

這幾天，具本熹變得安靜許多。住在我們家的期間，她比我這個親生兒子更無話不說。對廚藝充滿自信的媽媽，她甚至還開口說：「做泡菜時，少放一點魚露。」等等，毫不保留的表達意見。聽到她的話，爸爸會說：「如果不合妳的胃口就不要吃，或者搬去合妳胃口的地方。」但媽媽卻說：「是嗎？也是，太鹹沒有好處。」然後乖乖接受她的意見。

當我問為什麼要接受具本熹的意見時，媽媽瞄了我一眼回答：

「她沒說錯啊！而且她跟你不一樣，有付房租，當然可以要求合自己胃口的食物，這世上沒有白吃的午餐。」

自從具本熹住進來，媽媽就遲疑著要不要跟她說內心話。原本是一點一點的吐露，但從某天開始，就開始滔滔不絕訴說過去的怨恨和委屈，跟超長篇歷史劇一樣沒完沒了。傾聽時，具本熹的心態就像在看好幾季有趣的歷史劇，還會直接表達意見，有時候不該說的話也全都說出來，甚至到了沒禮貌的程度。當媽媽一股腦說出來後，通常會看著具本熹害羞的笑一笑，還不忘說這句話：

「所以人家都說要生女兒呢！對吧，本熹？」

這時，具本熹就會在媽媽面前露出我從沒見過的樣子。原本界線分明、討厭別人越線的具本熹，竟然笑得比媽媽更開心。

「就是說啊，我來當阿姨的女兒好嗎？」
這樣的具本熹突然說要看房子，聽到她的理由後，我完全無法接受。
「為什麼突然要看房子？我媽要妳搬出去嗎？還是我爸瞞著我們要漲房租？」
我的想像力只到這裡為止。聽到我的話，具本熹笑了笑，扯了一下我的臉頰。
我是認真的，但她似乎覺得很有趣。
「如果繼續待下去……我怕會滲入這裡。」
我仔細想了「滲入這裡」這句話，滲入土裡的雨水、滲入運動服的汗水、滲入羅恩江包包裡的可樂……
「那又怎麼樣？」
媽媽突然出現在背後，嚇得我尖叫了一聲，但媽媽和具本熹卻異常冷靜。看到具本熹而自動露出笑容的媽媽，臉上卻黯淡無光。
「我怕……我以後無法一個人生活。」
「那樣不行嗎？」
我無法想像具本熹哭的樣子，我沒有想像過，也不想想像。可是偷偷看著眼眶漸漸泛紅的她，我真的快瘋了。

「反正我一直都是一個人。」

以前，她說自己是孤兒時，就像機器人一樣毫無感情。可是現在的她被情緒淹沒，不知如何是好。

「妳為什麼是一個人？然後，滲入又怎麼樣？滲入本來就是很慢的過程。本熹，沒關係，妳就慢慢的滲入。」

我以為媽媽只會安慰我，但現在一看，媽媽有著寬大的胸懷——不只對我，也能安慰、擁抱另一個人，我太小看媽媽了。

「我付更多錢好了。」

我原以為媽媽會生氣、覺得不被理解。不過可能是因為更年期，最近老是生氣的媽媽，聽到這句話卻沒有發火；生氣的人反而是爸爸，他剛從外面回來，只聽到最後一句就火冒三丈的大聲說：

「妳要給多少？如果沒有我想像得多，我真的會生氣！」

媽媽簡單的用一句：「吵死了！」制止爸爸，然後清清楚楚的表達了自己的意見。

「和我們一起吃飯，妳就是家人。我也喜歡錢，妳就付妳能給的金額——如果那樣可以讓妳安心的話。」
搞不好具本熹會把我媽當成自己的媽媽，因為媽媽說「我也喜歡錢」的樣子，跟具本熹超像的。媽媽接受了具本熹的意見，表示願意尊重她的決定，不過還是跟她約定了一件事。
「本熹，不過節日、生日和休假，一定要回來家裡。」
果然，這就是現實——我以為談完賺人熱淚的話題後，兩個人會擁抱和激勵彼此，沒想到她們立刻就轉頭做自己的事。
我跟著媽媽走到廚房，聽到大門打開的聲音，接著傳來「我出門了」和隨之關門的聲音。
「媽，要讓具本熹就這麼搬出去嗎？」
「我什麼時候叫她搬出去的？她說要搬，我才說好。」
「她怎麼一個人過？」
「怎麼不能？她一直以來都是一個人。」
媽媽真的無所謂嗎？整理廚餘的手，俐落到沒有多餘的動作。
「媽不是真心對待具本熹的嗎？她搬出去也無所謂嗎？」

「朴武源，具本熹是大人，你要叫她姐姐。還有她很有勇氣，她一定深深思考過了，才會提出要搬出去。對於怎麼安排自己的人生，她有自己的計畫和打算。」

媽媽說，具本熹可能是害怕變熟悉的感覺，她不知道如何控制那陌生的感情，才會徬徨無助。我們所能做的，只有讓她知道，我們會在原地等待和迎接她。

因為具本熹，我才知道成年後就必須離開育幼院獨立生活。某次大家坐在一起看電視，節目中偶然報導著「離院獨立生活」的事情。我聽到具本熹不帶感情的說「我就是那個人」時嚇了一跳。她說，離開育幼院、獨立生活後，沒錢當然很可怕，但最可怕的是發生事情也沒有人可以討論；她說還，最難承受的，就是信任和依靠某個人後，對方卻冷漠的轉過身去。所以她最後決定，用錢買溫暖的床鋪、飲食，還有一個人可以享受的音樂。因為我有家人，一直以來理所當然的事情，對她來說都是必須獨自完成的大挑戰。

「不論跳水成功或失敗，你永遠是我們的兒子，我們也那樣對待她就好了。」

如果具本熹聽到這句話，不知會笑還是哭呢？爸爸從房間裡走出來，在家裡四處閒晃，然後用熟稔的語氣大喊：

「具本熹，本熹！」

別人看到，還以為他在叫女兒。

「她出門了。」

「什麼？怎麼可以讓她出門？她說要去看房子，就讓她出去嗎？你們真是的！」

難以想像爸爸居然這麼激動，一副要衝出去帶具本熹回來的樣子。

「她是成年人，怎麼能把她關起來？晚餐我想煮她喜歡的辣燉雞，你去超市買兩隻雞回來。」

聽到媽媽冷靜的聲音，爸爸站在廚房門口靜靜的看著她。

「妳要做得超級好吃，她才會為了辣燉雞常常回來，超市也有賣土雞嗎？」

12 我們是完整、完美的一體

我的手機桌布，是藍鯨遨遊在大海的照片。在陰暗深海中悠游的巨大藍鯨，神奇的讓我感到平靜。不論比賽結果如何，我都想沉著應對——雖然真的很想得到獎牌，但我知道沒得到獎牌，不代表人生就完蛋了。

當然，權在薰和我的想法不同，他摩拳擦掌準備證明給他爸爸看，還不斷說：「過程雖然重要，但要拿出結果才能好好主張自己的想法。」他的話沒有錯，所以我也願意全力以赴。但如同過去的每一場比賽，一．八秒的勝負沒有那麼容易，我甚至想求助於怪力亂神，不知他是否察覺到我這樣的心思。

比賽前一週的週末，我去了一趟後山；因為好久沒去後山了，有種去郊遊的感覺。快到取水處時，耳邊傳來熟悉的聲音，不論季節更迭交替，冀蒼爺爺和幾位長輩如出一轍的運動風景，撫慰了我的心。

「喂，朴選手，你來啦？」

我調勻呼吸，鄭重的彎腰行禮。聽到其他長輩詢問最近怎麼都沒看到我，冀蒼爺爺直接駁斥他們。

「朴選手是天天來後山的松鼠嗎？為了準備參加奧運，他正在集訓。」

真可怕，冀蒼爺爺比我更清楚我的行程。那個還沒被選拔為國手就想參加奧運的人，是我。平時，冀蒼爺爺會把我拉到雙槓邊，今天卻突然抓住我的腰，把我拉到松樹旁。後山取水處的松樹小有名氣，偶爾會有身體不太好的長輩聽到傳聞，特地來呼吸松樹的精華。把我拉到松樹旁之後，冀蒼爺爺便輕輕靠了過來。

「您、您要做什麼？」

靠近腹部的手，讓我差點大叫出來；然而冀蒼爺爺攤開手掌，上面放著某個東西。

「來，快收下。」

冀蒼爺爺看了一下周圍，把東西推向我。看到手伸過來，我不禁瑟縮了一下。

「這是什麼？」

「別多問，長輩給你就乖乖收下，放到你的泳褲裡。」

「什麼？」

摺疊的小紙條，裝在透明的包裝袋裡。

「溼了也沒關係，是用防水水彩寫下的幸運符。」

「防水？還有防水的水彩嗎？」

我第一次經歷這種事，不只是第一次得到幸運符，更沒聽過有用防水水彩寫下的幸運符。聽到我第一次知道這些事，冀蒼爺爺理解似的拍拍我的背。

「不管什麼事，第一次都覺得陌生和不習慣。給你這個，並不是懷疑你的意志力。該怎麼說呢？這是我的心意，我替你加油的方式。」

老實說，我想謝絕這種加油方式。都已經是能上月球的時代了，我不想把勝負交由迷信來決定。如果收下這個幸運符，代表我對這場勝負已經失去了信心。

「我也不相信，不過呢……我認為在戰場上可以活到最後，搞不好是因為上戰場前，媽媽硬塞在我胸前口袋的這種小紙。這也代表，有人為自己懇切的祈禱吧？」

不是為了自己，而是為了某人的真心、為了那誠心誠意的祈求，那樣的心意，不論是什麼形式都無所謂。就算是小紙片、用防水水彩寫下的幸運符，只要可以感受到真心就夠了。我感動到想一把抱住冀蒼爺爺，不過被他搶先了一步，冀蒼爺爺敏捷的握住了我的手。

「搬家後也要常常來後山，知道了吧？」

我們把家賣掉了。把家和工廠處理掉，換來保證人事件告一段落。把家賣掉的那天，哭的人是爸爸。他站在院子裡茫然的看著太極配色大門，告訴我他原本想在這個家裡，聽到我代表韓國在奧運得牌的消息。

我跟冀蒼爺爺約好，每個月來後山一次。

「你真的很了不起，為了國家撐過那麼辛苦的訓練，年紀輕輕就代表國家全力以赴。」

我突然感到羞愧，腦海湧現曾經因為訓練太痛苦而逃跑的回憶。我從來沒有認真想過胸口繡著國旗的意義，只顧著自己的利益——成為國家代表隊獲得獎牌，成為舉世聞名的選手、拍個廣告並擁有前途不可限量的未來，然後照具本熹所說，得獎後終身按月領取獎金，就能過上安穩的生活。冀蒼爺爺在和我差不多年紀時，就為了效忠國家投筆從戎。聽到我害羞的告白，冀蒼爺爺豪放的笑了。

「時代改變了，雖然樣貌不同，但大家都是在為各自的人生努力。代表國家參加比賽，跟為了國家上戰場，是同樣困難的事情。」

聽到冀蒼爺爺叫我穿著泳褲展現最棒的一面時，我彷彿可以跳出最好的成績。

「朴選手，你的背後有我們替你加油！」

取水處的爺爺、奶奶們也不斷對我揮手，有熟面孔，也有第一次見面的，但大家都用看孫子的溫暖眼神，齊聲對我大喊加油。明明是加油打氣的聲音，但我的心臟卻不斷緊縮，鼻尖感到一陣酸楚。

「韓國加油！」

不知這時呼喊這個口號是否適合，但大家聲嘶力竭的大喊起來，聲音大到松樹樹枝都在晃動。從丹田湧出的加油聲，讓我的熱血沸騰、心臟狂跳。雖然無法確定是否是幸運符的力量，但以現在的心情，就像冀蒼爺爺說的，我穿著一件泳褲就能救國救民。

從圍繞著取水處的松樹間吹來一陣風，風輕柔的拂過臉頰，鼻孔通暢的感覺，就像完美穿透水面入水的感受。

過去在比賽前，我主要會在腦海進行意象訓練，如同平日訓練結束後那樣。往後，還能有像今天這樣，上山城看夜晚星空的日子嗎？

「妳幹麼突然要浪漫？明明離家出走了。」

到現在，我還是無法接受具本熹搬出去的事，因此囉嗦了兩句。比賽前，具本熹用毫無感情的訊息約我見面，沒加任何表情符號，只簡短的傳了「見個面」而已，真無情。

「離家出走了，就不可以浪漫一下嗎？」

「對，不可以。妳就回到以前不浪漫，只在乎獎金的具本熹吧。」

我還算有點良心，保留了「只知道錢的吝嗇鬼」這句話。我的生活中只有訓練和比賽，那是人生的全部。這次比賽雖然也是生活中的一部分，但奇怪的是，或許跟「能不能披上國旗」有關，身邊的人都特別在意。

這是我第一次來漢陽都城[1]，也是第一次在比賽前去遙遠的陌生之地，但感覺還不錯。雖然這個時間，權在薰還在進行個人訓練，但我並不想拒絕具本熹的邀約。聽到窸窣的聲音後，我回頭看具本熹，都城下方閃爍的城市夜景擄獲了我的心，但我更好奇從駱山公園走上來時，具本熹小心拎著的塑膠袋裡究竟放了什麼。

「那是什麼？」

「你吃了這個一定要拿金牌，我投資了不少。」

是草莓，這個時期應該不便宜，她竟然買了草莓，而不是草莓牛奶。

「運動選手要補充維他命啊！可以恢復疲勞，快吃。」

與其難為情的說謝謝，我決定用自己的方式表達感謝。我拿出手機播放歌曲，音量不會妨礙到在附近散步的人，但歌聲依然清晰的滲進夜晚、風和我倆之中。

妳喜歡草莓，我喜歡月亮，而我們兩個都喜歡IU[2]。

「你為什麼喜歡月亮？」

「從跳台往下看真的很不安和可怕，就算跳了一萬次，依然覺得恐懼和焦慮。那時我就會想像，在跳水池中央畫一個大圓，然後跳進去的感覺。」

---

1 朝鮮王朝初期所建造的城廓。

2 這裡所暗示的，是IU的歌曲〈Strawberry moon〉。

「所以你喜歡的是滿月吧？不是新月或上弦月。」

「是嗎？」

「沒錯，就像我喜歡的是草莓牛奶，不是草莓。草莓當然最好吃，但很貴啊！可是草莓糖又有種退而求其次的感覺，我不是很喜歡。」

這個藉口真怪，不過聽那些藉口的時間令我愉快。具本熹，這位大姐是……魔女，擅長迷惑人的魔女。

看著月亮，慢慢感受嘴裡擴散的草莓香，讓人想到很多事情。比賽前我幾乎不曾這麼感性，今晚是例外。

我想起一起訓練到累得半死的夥伴，明明是「大家要一起參加比賽」般接受訓練，但沒被教練叫到名字的，就要面無表情的打包回去。我們學習了挑戰精神，同時也要面對失敗和冷酷的現實，而那些人必須獨自承受結果。

沒有一位教練教我們如何安慰那些朋友，我沒有埋怨教練的意思，就算沒人教過，我也知道沒有一番話能百分之百安慰那些人。默默守護那些背影，是我認為最好的方式。

「我不會叫你好好享受比賽，你要想辦法咬牙表現到最好，又不是去玩，享受什麼？你一定要得牌，知道嗎？」

具本熹打開手機相簿，給我看喵喵的照片。綁著便利商店圍巾、露出嚴謹表情坐在櫃檯的喵喵，就是個員工。看到牠稱職的扮演好自己的角色，我的嘴角不斷上揚。具本熹叫我好好看喵喵的嘴，說這樣就會看到喵喵要對我說的話。

「你覺得喵喵在說什麼？」

我找到了喵喵和具本熹都會滿意的回答。

「該付出吃飯的代價了。」

「答對了！朴武源，你很聰明嘛！」

具本熹的笑聲傳到天空中，哈哈哈哈，我不知道她竟然可以笑得這麼大聲。我跟著哼IU的歌——今晚即使人生不完美，也覺得很不錯。月亮彷彿散發著草莓香，我抬頭、張大鼻孔吸氣，就算站到跳台上，我也不想忘了這個感覺。

正式開始跳水之後，很諷刺的是，來現場替我加油的永遠都是媽媽。爸爸會拖著我去後山訓練，還嚷嚷著說提供了跳水選手所需的一切，但都沒有來過比賽現場。我沒有去了解是不能來，還是不想來，我能理解爸爸的工作總是很忙。媽媽無法正眼看我跳水，因為看三公尺跳板比賽時嚇到了——第一次比三公尺跳板時，我撞到了頭，額頭撕裂、血在池水中渲染開來，看到這一幕的媽媽陷入了恐慌。我以為媽媽再也不會來看比賽，可是全世界最強大的就是母愛，就算無法正眼看我比賽，她還是會來。

「朴武源！朴選手！」

媽媽從來沒有在比賽現場叫過我的名字，觀眾席的父母偶爾會幫子女加油，說：「加油！」、「你可以的！」或是大喊孩子的名字，但媽媽卻像充滿溼氣的跳水池，無聲的融入現場。

呼喚我名字的人是爸爸。

「真是的，變成無業遊民反而可以來看兒子比賽！我該開心還是難過？哈哈哈，呃啊……」

聽到爸爸誇張的笑聲，媽媽用手肘頂了他的側腹，具本熹也在媽媽的身邊。

「怎麼會來？」

「說那什麼話？本熹當然要來，這是家人的活動。」

聽到媽媽理所當然的回答，具本熹的嘴角高高揚起。她不是說「時間就是金錢」，還強調「不會浪費時間在沒有工資的事情上」？她把這個人生哲學丟去哪裡了，竟然來看我的比賽？我現在應該感到開心，還是要擔心她之後會跟我申請來看比賽的補償費用？

「來，這是值得紀念的日子，拍張家族照吧！」

聽到爸爸的提議，我皺了皺眉頭。為了緩和選手比賽前的緊張心情，其他家庭會安靜的等待，但我們家卻不一樣。我看了一下媽媽，她一定會阻止爸爸。

「拍吧！」

「什麼？真的要拍嗎？」

意料之外的答案讓我感到慌張，媽媽盯著我，不須解釋我就了解當中的意義。

『別囉嗦，快拍。』

「媽，我穿著泳褲。」

具本熹忍不住笑了出來。比賽前怎麼可以搞砸我的心情？為了遮掩泳褲，我扭動著身體，但媽媽無情的拍了我的背。

「有什麼關係？這樣才看得出你的職業和專業，你該感到自豪。」

媽媽果決的口氣令我無法抗拒，大家都這麼開心，穿著泳褲或睡衣都無所謂了。媽媽神采飛揚的露齒微笑；自從把工廠收掉後，爸爸也不曾像這樣充滿氣勢的放聲大笑；具本熹像女兒般挽著媽媽的手臂笑嘻嘻的；穿著泳褲，又有什麼關係呢。

就連比賽前永遠緊張到一臉僵硬的羅恩江，似乎也忍著笑意看著我們一家。也是，羅恩江現在應該很想笑吧？她戲劇化的迅速恢復並參加了比賽，當然要開懷大笑。看到羅恩江可怕的恢復能力，就連醫生都說要為此寫一篇論文。雖然狀況沒有百分之百恢復，但身為選手的我們，也從來沒有百分之百擁有最佳狀況的時刻。

我們的家族照一定很美，而且永不褪色，鮮明的留在我心中。

比賽開始之前，氣澍教練告訴了我們獲勝的祕訣；但是聽完後，我們全都傻住了。每次都叫我們身體要保持一直線，要像機器人一樣準確跳躍的教練，跟眼前這位真的是同一個人嗎？不過，他真的說了最好的祕訣。

「交給你們的頭腦和肌肉，那樣就夠了。」

氣澍教練平常喜歡看名言集嗎？雖然這句話聽起來沒什麼，卻讓我心臟不住跳動。權在薰吸了吸鼻子，他說有種一口氣喝下碳酸飲料的感覺——他以為我不知道他想忍住鼻酸的感受嗎？感動沒有來自遠處，而是來自比賽前，也就是腎上腺素飆到最高的比賽現場角落，那個跟平常一樣穿著鬆垮運動服的氣澍教練。

「不，一點也不夠，我要好好報復。」

權在薰是不是瘋了？他似乎完全接受了我爸所說的話。只聽了他離家出走的理由，就隨口說的那句勸告，卻深深刻在權在薰的骨子裡。我想用力踩他的腳，但他立刻就察覺並快速退後。自從變成搭檔之後，他愈來愈討厭了。

「喂，朴武源，你也是我復仇劇中的主角，所以給我好好表現，只要稍有差錯，你就別想從水裡出來。」

「哇！你真的愈來愈誇張了。」

權在薰把手搭在我的肩上。國小時，我們常常這樣勾肩搭背，但久而久之就忘了我們曾經有過這樣的關係。每次先搭上對方背的人不是他，而是我，不過今天卻是他主動。

「金牌！」

他也變得跟具本熹一樣嗎？我煞有介事的說「不要強求獎牌的顏色，努力過最重要」等等，卻被他全盤否認。

「別胡說八道了，我們拚死拚活，拚了老命到現在，只是努力過有什麼用？當然要看到結果，朴武源，絕對要拿金牌。」

我不知道權在薰原來是這麼充滿鬥志的人，被他熊熊燃燒的鬥志影響，我握緊了拳頭。我把手伸進泳褲後方，拿出冀蒼爺爺的防水幸運符。看到權在薰詢問的眼神，我神祕的呢喃：

「幸運符，防水的，送給你。」

我半信半疑的把幸運符當作玩笑般放進泳褲裡並帶過來。權在薰把幸運符放在手掌上看了一眼，接著還給我。

「我已經有幸運符了。」

「什麼？原來你也求了幸運符嗎？」

真的是「知人知面不知心」，這麼理性、冷靜的傢伙，竟然這麼迷信！

「我的幸運符就是朴武源，雙人跳水中哪有比你更好的幸運符？」

太犯規了，居然用這種方式突襲，害我這麼感動……我這個人真的不會說什麼令人感動的話。

「權在薰，我們……去拿金牌吧！」

這時，他才看著我笑了一下。我把手帕浸溼後放在胸口，心臟快速的跳動著，不過呼吸比任何時候平穩。我們朝著十公尺跳台邁開腳步。

我們相信著彼此，用認真卻輕快的腳步一步一步走上樓梯。腳底敏銳的感受到樓梯的溫度，讓我期待著我們的表演。就算扭到手腕、撲到水面全身瘀青、彈跳床的帶子拉傷了肌肉，比起痛苦，我們依然更期待明天。透過訓練而完成的表演，不只有流血流汗的努力，更多是意志力。無數的今天累積為寶貴的人生，相信明天永遠比今天更好。

前輩們曾開玩笑說，跳水一萬次，搞不好就會變成鳥飛到空中。那句話，就像背景音樂繚繞在耳邊。我把冀蒼爺爺用防水水彩寫下的幸運符，塞進綁在手腕的繃帶裡，緊緊貼合。

十公尺高的空氣就是不一樣，只要克服害怕和恐懼，下方的水面將溫暖的迎接和擁抱我們。

我赤腳在跳台地板蹬了兩下，然後轉頭看了權在薰一眼。

『嚇我一跳。』

權在薰也看著我，就算沒有鏡子我也很清楚，我們看著對方的眼神是一樣的，而支撐著我們的是信任。

「一、二、三！Go！」

穩定的跳躍，害怕或墜落的恐懼都無法阻礙我們。包覆胸口和後腦勺的手充滿信心，穿越空氣的身體輕盈無比，快速墜落的瞬間，這世界更清晰的映入眼簾。觀眾席上歡呼的人之中，我看到哭泣的爸爸、無視爸爸並呼喚我名字的媽媽、露出驚訝表情的具本熹、握拳閉著眼睛的氣溡教練……還有最後我看到的是……帶著微笑的權在薰。

我們是完整、完美的一體。

（完結）

後記

為了活下去，我曾經半天都泡在水中。儘管開始游泳的契機是物理治療，但看到不知不覺準備比賽、站在泳池出發台[1]上配合訊號跳入水中的自己，卻無奈的笑了出來。

站在出發台、躍入水中的瞬間，我想起美國跳水選手——格雷格．盧根尼斯。一九八八年首爾奧運時，我第一次注意到「跳水」這個比賽項目，而盧根尼斯跳三公尺跳板和十公尺跳台的身影宛如藝術品。年幼的我也有「他是誰？是神嗎？」的想法，朝水面躍入的優雅動作，真的美極了。我記得，因緊張和美感，看那場比賽時我甚至屏住了呼吸。然後我這輩子第一次，也是最後一次，開始蒐集他的報導，而褪色的照片中，年輕的盧根尼斯穿著白色泳褲做空中動作的樣子，變成了書中的武源。

我想替為了完美不斷向空中拋出自己，為了付出汗水、努力和信念的人，獻上我自己的聲援。期望每一段故事中，面對新挑戰的武源不再畏懼，陷入低潮的恩江不會永遠掙扎，在薰可以稍微如釋重負，本熹不再害怕滲入某個地方。

寫作期間，我每天都在聽IU的〈Strawberry Moon〉。

「人生怎麼能更完美。」

這段歌詞就像咒語——我不夢想著完美人生，也不想知道完美人生是什麼樣子，但我希望故事裡的主角每天都很完美。十七歲，正朝著自己的夢想，跳一萬次以上的他們，有勇氣飛翔和墜落。如果這樣都不完美，什麼樣才算完美呢？

夏天正在到來，希望默默度過無數今日的武源、在薰、恩江，還有更多的人，向各自美麗的完美人生悄悄靠近！

大家加油，李松炫

1 位在泳池邊緣，幫助游泳入水的跳台。

一萬次跳水
換一次發光的機會

일만 번의 다이빙

作者：李松炫（이송현 Lee Songhyun）｜譯者：林侑毅、葛增娜

出　　版：小樹文化股份有限公司
社長：張瑩瑩｜總編輯：蔡麗真｜副總編輯：謝怡文｜責任編輯：謝怡文
行銷企劃經理：林麗紅｜行銷企劃：李映柔｜校對：林昌榮
封面設計：周家瑤｜內文排版：洪素貞

發　　行：遠足文化事業股份有限公司（讀書共和國出版集團）
地址：231 新北市新店區民權路 108-2 號 9 樓
電話：(02) 2218-1417 ｜傳真：(02) 8667-1065
客服專線：0800-221029 ｜電子信箱：service@bookrep.com.tw
郵撥帳號：19504465 遠足文化事業股份有限公司
團體訂購另有優惠，請洽業務部：(02) 2218-1417 分機 1124

法律顧問：華洋法律事務所 蘇文生律師
出版日期：2024 年 10 月 30 日初版首刷

ISBN 978-626-7304-62-4（平裝）
ISBN 978-626-7304-61-7（EPUB）
ISBN 978-626-7304-60-0（PDF）

國家圖書館出版品預行編目資料

一萬次跳水，換一次發光的機會／李松炫（이송현 Lee Songhyun）著；林侑毅、葛增娜譯 -- 初版 -- 新北市：小樹文化股份有限公司 出版；遠足文化事業股份有限公司 發行，2024.10
面；公分
譯自：일만 번의 다이빙
ISBN 978-626-7304-62-4（平裝）

862.59　　113015203

小樹文化官網　　小樹文化讀者回函

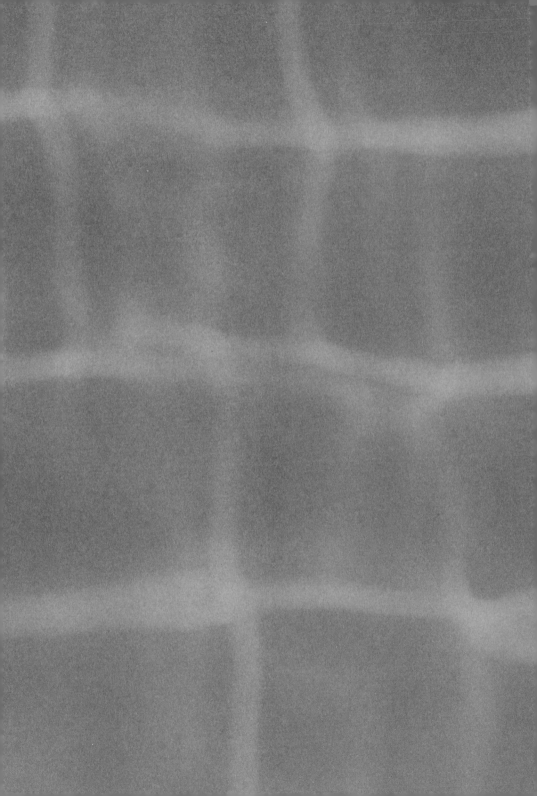